**OFFICIALLY
DISCARDED**

# ADN ASESINO

*Patricia Cornwell*

# ADN ASESINO

## Patricia Cornwell

Traducción de Eduardo Iriarte

EDICIONES B
GRUPO ZETA

Barcelona • Bogotá • Buenos Aires • Caracas • Madrid • México D.F. • Montevideo • Quito • Santiago de Chile

Título original: *At Risk*

Traducción: Eduardo Iriarte

1.ª edición: febrero 2007

© Cornwell Enterprises, Inc. 2006
© Ediciones B, S. A., 2006
   Bailén, 84 - 08009 Barcelona (España)
   *www.edicionesb.com*
   *www.edicionesb.com.mx*

Publicado originalmente en *The New York Times Magazine*

ISBN: 8466630279
ISBN 13: 978-84-666-3027-6

Impreso por Quebecor World.

*Al doctor Joel J. Kassimir,*
*un auténtico artista*

# 1

Una tormenta de otoño lleva azotando Cambridge todo el día y se prepara para un violento bis nocturno. Los relámpagos rasgan el cielo acompañados de terroríficos truenos mientras Winston Garano («Win» o «Jerónimo», como lo llama la mayoría de la gente) recorre a largas zancadas el margen oriental del Patio de Harvard bajo el crepúsculo.

No lleva paraguas ni abrigo. Tiene el traje de Hugo Boss y el cabello moreno empapados y pegados a la piel, y los zapatos de Prada calados y sucios a causa de un paso en falso en un charco al bajar del taxi. Como era de esperar, el maldito taxista se ha equivocado con la maldita dirección y no lo ha dejado en el 20 de Quincy Street delante del Club de Profesores de Harvard, sino en el Museo de Arte Fogg, y en realidad se ha debido a un error de cálculo de Win. Al subir al taxi en el Logan International Airport se le ocurrió decirle al taxista: «Al Club de Profesores de Harvard, cerca del Fogg», pensando que tal vez si hacía referencia a ambos pasaría por un antiguo alumno de Harvard o un coleccionista de obras de arte en lugar de lo que es, un investigador de la Policía del Estado de Massachusetts que intentó entrar en Harvard diecisiete años atrás y no lo consiguió.

Nota el repiqueteo de los goterones en la coronilla y se adueña de él la ansiedad al detenerse en el viejo sendero de ladrillos rojos en medio del viejo patio. Mira Quincy Street arriba y abajo y ve pasar a la gente en coches y bicicletas, algún que otro peatón, encorvado bajo el paraguas: gente privilegiada que avanza entre la lluvia y la neblina, que se siente allí como en su casa y sabe que está en el lugar que le corresponde y a dónde se dirige.

—Perdona —le dice Win a un tipo con chubasquero negro y unos vaqueros amplios y desgastados—. Te voy a hacer un pequeño test de inteligencia.

—¿Qué? —El tipo tiene el ceño fruncido después de haber cruzado la calle mojada de dirección única con una mochila empapada a la espalda.

—¿Dónde está el Club de Profesores?

—Ahí mismo —responde el otro con aspereza innecesaria, probablemente porque si Win fuera un miembro del profesorado o alguien verdaderamente importante sabría dónde está el Club de Profesores.

Se encamina hacia el bello edificio de estilo resurgimiento georgiano con un tejado de pizarra gris y el patio floreciente de paraguas blancos mojados. Las ventanas iluminadas resultan cálidas en la oscuridad en ciernes y el manso chapoteo de una fuente se confunde con el sonido de la lluvia mientras Win sigue el sendero de adoquines lisos hasta la puerta principal al tiempo que se pasa los dedos por el pelo mojado. Una vez dentro, mira en derredor como si acabara de entrar en el escenario de un crimen, asimilando el entorno y sopesando lo que debió de ser el salón de algún aristócrata acaudalado algo más de un siglo atrás. Inspecciona el artesonado de caoba, las alfombras persas, las arañas de luces de latón, los carteles de obras de teatro de la época victoriana, los retratos al óleo y las viejas y lustrosas escaleras que llevan a alguna parte a la que él probablemente nunca accederá.

Toma asiento en un duro y antiguo sofá mientras un reloj de caja le recuerda que llega con puntualidad y que la fiscal de distrito Monique Lamont («Money Lamont», la llama él), la mujer que, en resumidas cuentas, dirige su vida, no está por ninguna parte. En Massachusetts, los fiscales de distrito tienen jurisdicción sobre todos los homicidios y se les asigna su propio servicio de investigación procedente de la Policía del Estado, lo que significa que Lamont puede poner a quien le venga en gana en su brigada personal, lo que a su vez significa que puede deshacerse de quien le apetezca. Él es propiedad suya, y ella siempre se las arregla para hacer que lo tenga bien presente.

Éste es el más reciente, y peor, de todos sus tejemanejes políticos impregnados, en algunos casos, de esa lógica suya carente de visión de futuro, o de lo que Win considera a veces sus fantasías, derivado todo ello de su necesidad de control y ambición insaciables. De pronto Lamont decide enviarlo hacia el Sur, nada menos que hasta Knoxville, Tennessee, para asistir a la Academia Forense Nacional, aduciendo que a su regreso pondrá al corriente a sus colegas de las últimas innovaciones en la investigación criminal y les enseñará a hacer las cosas como es debido, exactamente como es debido. Por ejemplo, les enseñará cómo asegurarse de que ninguna investigación criminal «se vea comprometida, jamás y en ninguna circunstancia, debido a los errores a la hora de recabar pruebas o a la ausencia de procedimientos y análisis que deberían haberse llevado a cabo», dijo la fiscal. Él no lo entiende. Si la Policía del Estado de Massachusetts tiene investigadores forenses, ¿por qué no envía a uno de ellos? Ella no se avino a razones ni quiso darle ninguna explicación.

Win se mira los zapatos mojados que compró por veintidós dólares en la tienda de ropa de segunda mano. Repara en las manchas que empieza a dejar el agua al secarse en el traje gris que consiguió por ciento veinte dólares en esa misma tienda donde ha adquirido cantidad de ropa de marca a unos precios de risa, porque todo es usado, desechado por gente de pasta que se aburre enseguida de las cosas, o que enferma o se muere. Espera y se preocupa mientras se pregunta qué será tan importante como para que Lamont lo haya hecho regresar desde Knoxville. Roy, su secretario de prensa, un individuo de aspecto ñoño y altanero, le ha llamado esa misma mañana, le ha sacado de clase por la fuerza y le ha dicho que tomara el siguiente vuelo a Boston.

—¿En este preciso instante? ¿Por qué? —se quejó Win.

—Porque lo dice ella —respondió Roy.

En el interior del edificio de hormigón en el que se encuentra el Tribunal Federal de primera instancia de Cambridge, Monique Lamont sale del tocador privado que hay en su despacho. A diferencia de muchos fiscales de distrito y demás personajes que vadean las aguas del mundo de la justicia criminal, no colecciona gorras e insignias de policía, ni uniformes y armas extranjeros, ni fotografías enmarcadas de famosos personajes de la administración de justicia. Quienes le ofrecen presentes semejantes sólo llegan a hacerlo una vez, porque no vacila en devolverlos o regalarlos de inmediato. Resulta que lo que le gusta es el vidrio.

Vidrio artesanal, vidrieras de colores, vidrio veneciano, vidrio nuevo, vidrio antiguo. Cuando la luz del sol se filtra en su despacho, lo convierte en una suerte de hoguera prismática que destella, centellea, reluce y chispea en un espectro de colores, lo que resulta tan entretenido como impresionante. Ella da la bienvenida a su arco iris a la gente entretenida e impresionada y luego la inicia en la atroz tormenta que lo precedió.

—Claro que no, joder —dice, retomando la conversación donde la había dejado al tiempo que se sienta a su amplia mesa de vidrio, una mesa transparente que no la disuade de llevar faldas cortas—. De hacer otro vídeo educativo sobre los efectos perniciosos de conducir bebido, ni hablar. ¿Es que nadie aparte de mí piensa en otra cosa que no sea la puta tele?

—La semana pasada en Tewksbury, toda una familia murió por culpa de un conductor borracho —apunta Roy desde un sofá dispuesto en diagonal con respecto a la mesa, mirándole las piernas cuando supone que ella no se da cuenta—. Eso es mucho más importante para los ciudadanos que un antiguo caso de asesinato en una perdida ciudad sureña que aquí trae a todo el mundo sin cuidado...

—Roy. —Lamont cruza las piernas y observa cómo la mira—. ¿Tienes madre?

—Venga, Monique.

—Claro que tienes madre. —Se levanta y empieza a andar de aquí para allá mientras piensa que ojalá saliera el sol.

Detesta la lluvia.

—¿Qué te parecería, Roy, si tu anciana madre recibiera una brutal paliza en su propia casa y luego la dejaran morir sola?

—No se trata de eso, Monique. Deberíamos centrarnos en un homicidio sin resolver en Massachusetts, no en un pueblucho perdido. ¿Cuántas veces vamos a discutirlo?

—Eres tonto, Roy. Enviamos a uno de nuestros mejores investigadores, lo resolvemos y así conseguimos...

—Lo sé, lo sé; conseguimos que nos presten una enorme atención en todo el país.

—Tendemos una mano fuerte y segura para ayudar a los menos favorecidos, a los menos, bueno... a los menos de todo. Rescatamos viejas pruebas, las volvemos a examinar...

—Y hacemos que Huber quede en buen lugar. De alguna manera, serán él y el gobernador quienes se lleven el mérito. Te engañas si crees que no será así.

—El mérito me lo llevaré yo. Y tú vas a asegurarte de que así sea.

De pronto se interrumpe cuando se abre la puerta del despacho y casualmente, quizá demasiado casualmente, entra sin llamar su pasante, el hijo de Huber. Por un momento se le ocurre que estaba escuchando a hurtadillas, pero la puerta estaba cerrada, así que no es posible.

—¿Toby? —le advierte—. ¿Estoy loca de atar o acabas de entrar sin llamar otra vez?

—Lo siento. Joder, es que tengo muchas cosas en las que pensar. —Sorbe por la nariz, menea la cabeza; lleva el pelo cortado al rape y parece medio colocado—. Sólo quería recordarte que me largo.

«Al fin», piensa ella.

—Soy perfectamente consciente —dice.

—Volveré el lunes que viene. Pasaré unos días en Vineyard, a tomármelo con calma. Mi padre ya sabe dónde encontrarme si me necesitas.

—¿Te has ocupado de todos los asuntos pendientes?

Vuelve a sorber por la nariz. Lamont está casi segura de que le da a la coca.

—¿Eh? ¿Como qué?

—Eh…, como todo lo que he dejado encima de tu mesa —responde ella mientras tamborilea con una pluma dorada sobre un bloc de notas.

—Ah, sí, claro. Y he sido un buen chico, lo he limpiado todo, lo he ordenado para que no tengas que andar recogiendo lo que voy dejando por ahí. —Hace una mueca, dejando entrever en su desconcierto el resentimiento que alberga contra ella, se marcha y cierra la puerta.

—He ahí uno de mis mayores errores —reconoce ella—. Nunca hay que hacer un favor a un colega.

—Es evidente que ya has tomado tu decisión y es tan definitiva como la misma muerte —dice Roy, retomando la conversación donde la había dejado—. Y quiero hacer hincapié en que creo que estás cometiendo un error gravísimo, tal vez fatal.

—Déjate de comparaciones como ésa, Roy. No sabes lo mucho que me molestan. Ahora me vendría bien tomar un café.


El gobernador Miles Crawley va en el asiento de atrás de su limusina negra con el panel de separación levantado. Su guardaespaldas está al otro lado y no puede oírle hablar por teléfono.

—No des las cosas por sentadas hasta el punto de cometer un descuido —dice bajando la mirada por las largas piernas estiradas, que lleva enfundadas en unos pantalones de raya diplomática, para contemplar con expresión ausente sus lustrosos zapatos negros—. ¿Y si alguien se va de la lengua? Además, no deberíamos estar hablando de...

—Ese alguien implicado no hablará, eso está garantizado. Y yo nunca cometo descuidos.

—Nada está garantizado salvo la muerte y los impuestos —comenta enigmáticamente el gobernador.

—En ese caso, ya tienes tu garantía; no puedes salir mal parado. ¿Quién no sabía dónde estaba? ¿Quién lo perdió? ¿Quién lo escondió? En cualquier caso, ¿quién queda en mal lugar?

El gobernador contempla por la ventanilla la oscuridad, la lluvia, las luces de Cambridge que brillan a través de una y otra. No está tan seguro de haber hecho bien al seguir adelante con el asunto, pero decide:

—Bueno, ha trascendido a la prensa, de manera que ya no hay vuelta atrás. Más te vale que estés en lo cierto, porque a quien voy a echar la culpa es a ti. Fue idea tuya, maldita sea.

—Confía en mí, no recibirás más que buenas nuevas.

Al gobernador le vendría bien alguna buena nueva. De un tiempo a esta parte su esposa es un auténtico incordio, tiene las entrañas revueltas y va de camino a otra cena, ésta en el Museo de Arte Fogg, donde echará un vistazo a unos cuantos cuadros de Degas y después pronunciará unas palabras para asegurarse de que todos los elitistas de Harvard y los filántropos que se pirran por el arte recuerden lo culto que es.

—No quiero seguir hablando de esto —dice el gobernador.

—Miles...

Detesta que le llamen por su nombre de pila, por mucho que la persona lo conozca desde hace tiempo. Lo adecuado es «gobernador Crawley»; algún día «senador Crawley».

—... Me lo agradecerás, te lo aseguro...

—No me obligues a repetirme —le advierte el gobernador Crawley—. Es la última vez que mantenemos esta conversación. —Pone fin a la llamada y vuelve a meter el teléfono en el bolsillo de la chaqueta.

La limusina se detiene delante del Fogg. Crawley

aguarda a que su protección privada le permita salir y lo escolte hasta su siguiente representación política, solo. Maldita sea su mujer, siempre con sus dolores de cabeza provocados por la sinusitis. Le han informado brevemente sobre Degas hace apenas una hora, y al menos sabe pronunciar el nombre y que el tipo era francés.

Lamont se pone en pie y empieza a caminar arriba y abajo lentamente, mirando por la ventana un anochecer tan oscuro y húmedo que resulta deprimente, mientras toma sorbos de un café que sabe a hervido.

—Los medios ya han empezado a llamar —dice Roy a modo de advertencia.

—Creo que eso era lo que teníamos previsto —responde ella.

—Y nos hace falta un plan de control de daños...

—Roy. ¡Estoy a punto de hartarme de esto!

«Vaya cobarde está hecho, todo un prodigio sin agallas», piensa, vuelta de espaldas a él.

—Monique, sencillamente no me explico cómo puedes creer que al gobernador le resultará útil alguno de sus ardides.

—Si vamos a obtener cincuenta millones de dólares para construir un nuevo laboratorio criminalista —repite lentamente, como si Roy fuera estúpido—, debemos llamar la atención, demostrar a los ciudadanos y a los legisladores que está completamente justificado modernizar la tecnología, contratar a más científicos, comprar más material de laboratorio y elaborar la mayor base de datos sobre ADN del país, quizá del mundo. Si resolvemos un viejo caso que la buena gente del viejo Sur dejó abandonado en una caja de cartón hace veinte años, nos convertiremos en héroes y los contribuyentes nos respaldarán. Nada da tanto éxito como el éxito.

—Ya estamos con el lavado de cerebro de Huber. ¿A qué director de un laboratorio criminalista no le gustaría convencerte de algo así, por mucho que suponga un riesgo para ti?

—¿Por qué no quieres ver que es una idea excelente? —insiste, presa de la frustración, mientras contempla la lluvia, la lluvia monótona e incesante.

—Porque el gobernador Crawley te odia —responde Roy con rotundidad—. Pregúntate por qué iba a ponerte algo así en bandeja.

—Porque soy mujer y, por lo tanto, el fiscal de distrito más visible del estado, y así no queda como el intolerante de extrema derecha sexista y mezquino que es en realidad.

—Y si te enfrentas a él, cualquier revés caerá sobre tu cabeza, no sobre la suya. Serás tú, y no él, quien haga las veces de Robert E. Lee rindiendo la espada.

—Así que ahora él es Ulises S. Grant. Win se ocupará del asunto.

—Más bien acabará contigo.

Ella se vuelve lentamente hacia Roy y lo observa hojear un cuaderno.

—¿Qué sabes de él? —pregunta Roy.

—Es el mejor investigador de la unidad. Desde el punto de vista político, una opción perfecta.

—Vanidoso, obsesionado con la ropa —dice él leyendo sus notas—. Trajes de marca, un todoterreno Hummer, una Harley, lo que plantea dudas sobre su situación económica. —Hace una pausa y añade—: Un Rolex...

—Un Breitling, de titanio, es probable que «ligeramente usado», de una de sus muchas tiendas de segunda mano —apunta ella.

Roy, desconcertado, levanta la mirada.

—¿Cómo sabes dónde compra?

—Es que tengo buen ojo para todo lo refinado. Una mañana le pregunté cómo podía permitirse la corbata de Hermès que llevaba ese día.

—Llega sistemáticamente con retraso cuando se requiere su presencia en un escenario del crimen —continúa Roy.

—¿Según quién?

Él pasa varias páginas más y recorre una de ellas con el dedo en sentido descendente. Ella aguarda a que sus labios empiecen a moverse mientras lee en silencio. «Fíjate, se acaban de mover. Dios santo, el mundo está lleno de imbéciles.»

—No parece que sea gay —continúa Roy—. Eso es bueno.

—En realidad, sería de una amplitud de miras inmensa por nuestra parte si el detective que vamos a utilizar como reclamo publicitario fuera gay. ¿Qué bebe?

—Bueno, no es gay, de eso no cabe duda —dice Roy—. Es un mujeriego.

—¿Según quién? ¿Qué le gusta beber?

Roy se interrumpe y, desconcertado, dice:

—¿Beber? No, no tiene ese problema, al menos...

—¿Vodka, ginebra, cerveza? —Ella está a punto de perder la paciencia por completo.

—No tengo ni zorra idea.

—Entonces llama a su colega Huber y pregúntaselo. Y hazlo antes de que yo llegue al Club de Profesores.

—A veces sencillamente no te entiendo, Monique. —Roy vuelve a sus notas—. Narcisista.

—¿Quién no sería narcisista con un aspecto como el suyo?

—Engreído, un chico mono dentro de un traje vacío. Deberías oír lo que dicen de él los otros polis.

—Me parece que acabo de oírlo —dice ella, y le viene a la cabeza la imagen de Win Garano, el cabello oscuro y ondulado, la cara perfecta, un cuerpo que parece esculpido en piedra tersa y bronceada. Y sus ojos... Sus ojos poseen algo especial. Cuando la mira, tiene la extraña sensación de que la está analizando, de que la conoce, incluso de que sabe algo que ella ignora.

Quedará perfecto en televisión, perfecto en las sesiones de fotos.

—... Probablemente las dos únicas cosas favorables que puedo decir sobre él es que tiene buena imagen —comenta el inepto de Roy—, y que en cierta manera pertenece a una minoría. Morenillo pero sin pasarse, ni una cosa ni la otra.

—¿Cómo has dicho? —Lamont lo fulmina con la mirada—. Voy a fingir que no te he oído.

—Entonces, ¿cómo lo llamamos?

—No lo llamamos nada.

—¿Italoafricano? Bueno, supongo que algo así —Roy responde a su propia pregunta mientras sigue hojeando el cuaderno—. Su padre era negro y su madre italiana. Por lo visto decidieron ponerle el nombre de su madre, Garano, por razones evidentes. Ambos están muertos por culpa de una estufa defectuosa en el antro donde vivían cuando él era un crío.

Lamont coge su abrigo de detrás de la puerta.

—Su educación es un misterio. No tengo ni idea de quién lo crió, no hay constancia de ningún pariente cercano, la persona de contacto en caso de emergencia es un tal Farouk, su casero, por lo visto.

Ella saca las llaves del bolso.

—Menos sobre él y más sobre mí —comenta—. Su historia no es importante, la mía sí. Mis logros, mi currículo, mi postura con respecto a los asuntos importantes, como el crimen, pero no sólo el crimen de hoy, no sólo el crimen de ayer. —Sale por la puerta—. Cualquier crimen en cualquier momento.

—Sí. —Roy la sigue—. Vaya eslogan para la campaña.

# 2

Lamont cierra el paraguas y se desabrocha el largo impermeable negro mientras repara en Win, que está sentado en un antiguo sofá que parece tan cómodo como un tablón de madera.

—Espero no haberte tenido esperando mucho rato —se disculpa.

Si le importara causar molestias, no le habría ordenado que volara hasta allí para la hora de la cena, no habría interrumpido su preparación en la Academia Forense Nacional, no habría interrumpido su vida, como tiene por costumbre. La fiscal lleva una bolsa de plástico con el nombre de una bodega.

—Tenía reuniones, y el tráfico estaba fatal —dice, con cuarenta y cinco minutos de retraso.

—Lo cierto es que acabo de llegar. —Win se levanta con el traje cubierto de manchas de agua que no se habrían secado aún si acabara de ponerse a cubierto de la lluvia.

Ella se quita el impermeable y resulta difícil no reparar en lo que hay debajo. Win no sabe de ninguna mujer a la que le siente mejor un traje. Es una pena que la madre naturaleza desperdiciara en ella tanto atractivo. Tiene nombre francés y aspecto francés: exótica, sexy y seductora de una manera peligrosa. Si la vida hubiera ido por otros derroteros y Win hubiese entrado en Harvard y ella no fuera tan ambiciosa y egoísta, probablemente se llevarían bien y acabarían por acostarse juntos.

Ella ve su bolsa de deporte, frunce el entrecejo un poco y dice:

—Eso sí que es ser obsesivo. ¿Has conseguido encontrar un momento para hacer ejercicio entre el aeropuerto y aquí?

—Tenía que traer algo. —Un tanto cohibido, Win pasa la bolsa de una mano a otra con cuidado de que no tintineen los objetos de cristal que hay dentro, objetos que un poli duro como él no debería llevar, sobre todo en presencia de una fiscal de distrito dura como Lamont.

—Lo puedes dejar en el guardarropa, ahí mismo, junto al servicio de caballeros. No llevarás un arma ahí, ¿verdad?

—Sólo una Uzi. Es lo único que permiten llevar en los aviones hoy en día.

—Puedes colgar esto, de paso —dice ella entregándole su impermeable—. Y esto es para ti.

Le entrega la bolsa, Win mira dentro y ve una botella de bourbon Booker's en su caja de madera; es un licor caro, su preferido.

—¿Cómo lo sabías?

—Sé muchas cosas sobre mi personal, me lo he propuesto como misión.

A Win le molesta que se refieran a él como mero miembro del «personal».

—Gracias —dice entre dientes.

Dentro del guardarropa, deja cuidadosamente su bolsa en un lugar disimulado encima de una estantería y luego sigue a Lamont hasta un comedor con velas, manteles blancos y camareros con chaquetillas blancas. Intenta no pensar en las manchas de su traje ni en los zapatos empapados mientras él y Lamont se sientan el uno frente al otro a una mesa del rincón. Fuera ya ha oscurecido, las farolas de Quincy Street se ven difuminadas entre la niebla y la lluvia; la gente entra en el club para cenar. No llevan la ropa manchada, se encuentran como en su casa, probablemente cursaron estudios allí, tal vez son miembros del profesorado, la clase de gente con la que Monique Lamont sale o hace amistad.

—«En peligro» —empieza de pronto—. La nueva iniciativa contra el crimen de nuestro gobernador, iniciativa que ha dejado en mis manos. —Agita una servilleta de lino para desdoblarla y la deja sobre su regazo en el momento en que se presenta el camarero—. Una copa de *sauvignon* blanco, ése de Sudáfrica que tomé la última vez. Y agua con gas.

—Té con hielo —dice Win—. ¿Qué iniciativa contra el crimen?

—Date el gusto —dice ella con una sonrisa—. Esta noche vamos a ser francos.

—Booker's, con hielo —le pide al camarero.

—El ADN se remonta al principio de los tiempos —comienza ella—. Y el ADN ancestral, el que define el perfil de ascendencia, puede permitirnos solventar la incógnita de la identidad del asesino en casos donde ésta sigue existiendo. ¿Estás familiarizado con las nuevas tecnologías que vienen desarrollando en algunos de esos laboratorios privados?

—Claro. Los laboratorios DNAPrint Genomics en Sarasota. Tengo entendido que han ayudado a resolver diversos casos relacionados con asesinos en serie...

Lamont sigue adelante como si no lo oyera:

—Muestras biológicas dejadas en casos en los que ignoramos por completo quién es el autor y las búsquedas en bases de datos resultan infructuosas. Volvemos a llevar a cabo las pruebas con tecnología de vanguardia. Averiguamos, por ejemplo, que el sospechoso es un hombre con un ochenta y dos por ciento de europeo y un dieciocho por ciento de indígena americano, de modo que ya sabemos que parece blanco e incluso, muy probablemente, conocemos el color de su cabello y sus ojos.

—¿Y la parte de «En peligro»? Más allá de que el gobernador tenga que poner nombre a una nueva iniciativa, supongo.

—Es evidente, Win. Cada vez que dejamos fuera de circulación a un criminal, la sociedad está menos en peligro. El nombre es idea y responsabilidad mía, mi proyecto, y tengo la intención de concentrarme por completo en él.

—Con todo respeto, Monique, ¿no podrías haberme puesto al corriente de todo esto con un correo electrónico? ¿He tenido que venir volando hasta aquí en medio de una tormenta desde Tennessee para hablarme del último numerito publicitario del gobernador?

—Voy a ser brutalmente sincera —lo interrumpe ella, lo que no constituye ninguna novedad.

—Se te da bien la brutalidad —apunta él con una sonrisa, y de pronto regresa con las copas el camarero, que trata a Lamont como si fuera miembro de la realeza.

—No nos andemos con rodeos —dice—. Eres razonablemente inteligente, y un sueño para los medios de comunicación.

No es la primera vez que a él se le ha pasado por la cabeza dejar la Policía del Estado de Massachusetts. Coge el bourbon; ojalá hubiera pedido uno doble.

—Hubo un caso en Knoxville hace veinte años... —continúa ella.

—¿Knoxville?

El camarero espera para tomar nota. Win ni siquiera ha echado un vistazo al menú.

—La sopa de mariscos para comenzar —pide Lamont—. Salmón. Otra copa de *sauvignon* blanco. A él ponle ese *pinot* de Oregon tan rico.

—El bistec de la casa, poco hecho —dice Win—. Una ensalada con vinagre balsámico. Sin patatas. —Aguarda a que se marche el camarero y continúa—: Vamos a ver, no es más que una casualidad que me enviaran a Knoxville y de pronto hayas decidido resolver un caso olvidado cometido allá en el Sur.

—Una anciana asesinada a golpes —continúa Lamont—. El ladrón entró en la casa y las cosas se torcieron. Posiblemente intentaron agredirla sexualmente; estaba desnuda, con los pantis por debajo de las rodillas.

—¿Fluido seminal? —Win no puede evitarlo. Haya o

no política de por medio, los casos le atraen igual que agujeros negros.

—No conozco los detalles. —Ella mete la mano en el bolso, saca un sobre de color ocre y se lo entrega.

—¿Por qué Knoxville? —Win, cada vez más paranoico, no está dispuesto a cejar.

—Hacía falta un asesinato y alguien especial que se encargara de él. Estás en Knoxville, ¿por qué no indagar qué casos sin resolver tenían?, y he ahí el resultado. Al parecer causó bastante revuelo en su momento, pero ahora está tan frío y olvidado como la víctima.

—Hay cantidad de casos sin resolver en Massachusetts. —Win la mira, la analiza, sin tener muy claro lo que está ocurriendo.

—Éste no debería plantear ningún problema.

—Yo no estaría tan seguro.

—Nos conviene por diversas razones. Un fracaso allí no resultaría tan evidente como aquí —le explica ella—. Si nos atenemos al guión, mientras estabas en la Academia oíste hablar del caso y sugeriste ofrecer la ayuda de Massachusetts, probar un nuevo análisis de ADN, echarles un cable...

—Así que quieres que mienta.

—Quiero que seas diplomático, hábil.

Win abre el sobre y saca copias de artículos de prensa, los informes de la autopsia y el laboratorio, ninguna de ellas de muy buena calidad, probablemente obtenidas a partir de microfilme.

—La ciencia —dice ella con aplomo—. Si es cierto que hay un gen divino, entonces tal vez haya también un gen diabólico —añade. A Lamont le encantan esos enigmáticos pronunciamientos suyos cuasibrillantes.

Casi se presta a la cita.

—Busco al diablo que consiguió escapar, busco su ADN ancestral.

—No sé muy bien por qué no os servís del laboratorio de Florida que tanta fama tiene en todo esto. —Win mira la copia borrosa del informe de la autopsia y agrega—: Vivian Finlay. Sequoyah Hills. Dinero de familia de Knoxville a orillas del río, no se puede conseguir una casa por menos de un millón. Alguien le dio una paliza de muerte.

Aunque en los informes que Lamont le ha facilitado no hay fotografías, el protocolo de la autopsia deja claras varias cosas. Vivian Finlay sobrevivió el tiempo suficiente para que se produjera una reacción apreciable en los tejidos, laceraciones y contusiones en la cara e inflamación de los ojos hasta el punto de quedar cerrados. Al retirarse el cuero cabelludo quedaron a la vista tremendas contusiones, el cráneo con zonas perforadas a fuerza de violentos golpes reiterados con una arma que tenía al menos una superficie redondeada.

—Si vamos a hacer análisis de ADN, debe de haber pruebas. ¿Quién las ha tenido hasta ahora? —pregunta Win.

—Lo único que sé es que por aquel entonces todo el trabajo de laboratorio lo llevaba a cabo el FBI.

—¿El FBI? ¿Qué intereses tenían los federales?

—Me refería a las autoridades del estado.

—El TBI. El Buró de Investigación de Tennessee.

—No creo que hicieran análisis de ADN por aquel entonces.

—No. Aún estaban en la Edad Media. Todavía se hacían buenas pruebas de serología a la antigua usanza, con la tipificación ABO. ¿Qué se analizó exactamente, y quién lo ha tenido todo este tiempo? —pregunta él, intentándolo de nuevo.

—Ropa ensangrentada. Según tengo entendido, aún estaba en el depósito de pruebas en la comisaría de Knoxville. Fue enviada al laboratorio en California...

—¿California?

—Todo esto lo ha investigado Huber minuciosamente.

Win señala las fotocopias y luego pregunta:

—¿Esto es todo?

—Por lo visto, desde entonces el depósito de cadáveres de Knoxville se ha trasladado y sus viejos informes están almacenados en alguna parte. Lo que tienes es lo que Toby ha conseguido localizar.

—Querrás decir lo que hizo que la oficina del forense le imprimiera a partir de microfilme. Vaya sabueso —añade él en tono sarcástico—. No sé por qué demonios tienes a un idiota así...

—Sí que lo sabes.

—No sé cómo es posible que Huber tuviera un hijo idiota como él. Deberías tener cuidado con los favores que le haces al director del laboratorio de criminología, por mucho que sea un gran tipo, Monique. Podría interpretarse como un conflicto de intereses.

—Más vale que me dejes eso a mí —replica ella con frialdad.

—Lo único que digo es que Huber tiene una enorme deuda de gratitud contigo si te ha enchufado a Toby.

—Muy bien. Hemos dicho que vamos a ser francos esta noche, ¿verdad? —Ella le clava la mirada en los ojos y se la sostiene—. Fue una metedura de pata por mi parte, tienes razón. Toby es un inútil, un desastre.

—Lo que necesito es el expediente policial. Igual ese desastre de Toby también hizo una fotocopia del mismo en el transcurso de su ardua y concienzuda investigación, ¿no?

—Supongo que podrás ocuparte de ello en persona cuando regreses a Knoxville. Toby acaba de irse de vacaciones.

—Pobrecillo. Seguro que está agotado de tanto trabajar.

Lamont mira al camarero, que regresa con su bandeja de plata y dos copas de vino, y dice:

—Te gustará el *pinot*. Es un Drouhin.

Win lo hace girar lentamente en la copa, lo huele, lo prueba.

—¿Has olvidado que me enviaste a la Academia porque es, y cito textualmente, «el Harvard de la ciencia forense»? Todavía tengo un mes por delante.

—Estoy segura de que te darán facilidades, Win. Nadie ha hablado de que dejes el curso. En realidad, eso también dará buena imagen a la Academia Forense Nacional.

—Así que me ocuparé de ello en sueños. Vamos a ver. —Win bebe un sorbo de vino—. Estás utilizando a la AFN, a la policía de Knoxville, me estás utilizando a mí, estás utilizando a todo el mundo para obtener réditos políticos. Dime una cosa, Monique. —Le lanza una mirada intensa y resuelve desafiar a la suerte—: ¿De veras te importa esa vieja muerta?

—Titular: «Uno de los mejores detectives de Massachusetts ayuda a un departamento de policía local con escasos medios, resuelve un caso con veinte años de antigüedad y consigue que se haga justicia a una anciana asesinada por calderilla.»

—¿Calderilla?

—Eso pone en uno de los artículos que te he dado —responde ella—. La señora Finlay coleccionaba monedas. Tenía una caja llena en el tocador, lo único que falta, hasta donde se sabe.


Continúa lloviendo cuando salen del Club de Profesores de Harvard y siguen antiguos senderos enladrillados hasta Quincy Street.

—¿Adónde vamos ahora? —pregunta Lamont, medio escondida tras un enorme paraguas negro.

Win se fija en sus dedos ahusados firmemente apretados en torno al mango de madera del paraguas. Lleva las uñas pulcramente cortadas, sin esmalte, y luce un reloj de oro blanco de gran tamaño con correa de piel de cocodrilo negra, un Breguet, así como un anillo con el sello de Harvard. Da igual lo que gane como fiscal e impartiendo clases de vez en cuando en la Facultad de Derecho, Lamont viene de familia adinerada —dinero en abundancia, por lo que tiene entendido—, posee una mansión cerca de

Harvard Square y un Range Rover de color verde aparcado al otro lado de la calle húmeda y oscura.

—Ya me apaño —dice él como si ella se hubiera ofrecido a llevarlo—. Iré caminando hasta la plaza y allí cogeré un taxi. O quizá dé un paseo hasta el Charles, a ver si hay un buen concierto de jazz en el Regattabar. ¿Te gusta Coco Montoya?

—Esta noche no.

—No he dicho que tocara esta noche.

Tampoco la estaba invitando.

Ella hurga en los bolsillos del impermeable, buscando algo cada vez con más impaciencia, y dice:

—Mantenme informada, Win. Hasta el último detalle.

—Iré a donde me lleven las pruebas. Y hay una cuestión importante que no se nos debería olvidar, con tanto entusiasmo: no puedo ir a donde no me lleven las pruebas.

Exasperada, ella hurga en su caro bolso.

—Y detesto hacer hincapié en lo obvio —prosigue él mientras la lluvia cae sobre su cabeza descubierta y le gotea por el cuello—, pero no veo de qué puede servir esa iniciativa tuya de «En peligro» si no conseguimos resolver el caso.

—Como mínimo, obtendremos un perfil de ADN ancestral y diremos que debido a ello se ha decidido reabrir el caso. Eso ya reviste interés periodístico y nos granjeará una imagen positiva. Además, nunca reconoceremos un fracaso, sencillamente mantendremos el caso abierto, a modo de trabajo en evolución. Tú te gradúas en la AFN y regresas a tus misiones habituales. Con el tiempo, todo el mundo volverá a olvidarse del caso.

—Y para entonces es posible que tú ya seas gobernadora —señala él.

—No seas tan cínico. No soy esa persona de sangre
fría que pareces empeñado en hacer que parezca. ¿Dónde demonios están mis llaves?

—Las tienes en la mano.

—Las de casa.

—¿Quieres que te acompañe y me asegure de que lle-
gas bien?

—Tengo otro juego en una cajita con código secreto
—dice ella, y de súbito lo deja plantado bajo la lluvia.

## 3

Win mira a la gente que camina con aspecto decidido por las aceras, los vehículos que pasan escupiendo agua, a Lamont, que se aleja en su coche.

Se dirige hacia la plaza, donde bares y cafés están repletos a pesar del mal tiempo, y se asoma a Peet's; se mete con calzador entre la concurrencia, sobre todo estudiantes, los privilegiados y los ensimismados. Cuando pide un café con leche, la chica que hay detrás del mostrador lo mira fijamente y se pone roja, como si aguantara la risa. Él está acostumbrado y, por lo general, le divierte y hasta lo halaga, pero esta noche no. No puede dejar de pensar en Lamont y en cómo hace que se sienta consigo mismo.

Pasea su café con leche por Harvard Square, adonde llega el tren de la Línea Roja, la mayoría de cuyos pasajeros están matriculados en Harvard, algunos sin saber siquiera que Harvard no es sencillamente la universidad local. Se entretiene en la acera de John F. Kennedy Street mirando con los ojos entornados los faros que vienen en su dirección, y la lluvia que cae al sesgo sobre las luces le hace pensar en trazos de lápiz, dibujos infantiles de un aguacero, como los que solía dibujar él de niño, cuando concebía algo más que escenarios del crimen y conclusiones desagradables sobre la gente.

—A Tremont con Broadway —dice nada más subir al taxi, al tiempo que coloca con cuidado la bolsa de deporte sobre el asiento de vinilo, a su lado.

El conductor es la silueta de una cabeza que habla, sin volverse, con acento de Oriente Medio.

—¿Traimond con qué?

—Tremont con Broadway, me puede dejar en la esquina. Si no sabe cómo llegar hasta allí, más vale que pare y me deje bajar.

—Traymont. ¿De dónde queda cerca?

—De Inman Square —responde Win a voz en cuello—. Vaya por ahí. Si no la encuentra, yo voy a pie y usted no cobra.

El taxista pisa el freno y vuelve el rostro y los ojos oscuros para lanzarle una mirada furibunda.

—¡Si no paga, bájese!

—¿Ve esto? —Win saca la cartera y le planta delante de la cara su placa de la Policía del Estado de Massachusetts—. ¿Quiere multas para el resto de su vida? Su adhesivo de la inspección técnica de vehículos ha caducado, ¿se da cuenta? Tiene fundida una de las luces de freno, ¿se da cuenta? Lléveme a Broadway, venga. ¿Se ve capaz de encontrar el Anexo al Ayuntamiento? Pues a partir de allí ya le daré indicaciones.

Continúan en silencio. Win se retrepa en el asiento con los puños apretados porque acaba de cenar con Monique Lamont, que se presenta a gobernadora y curiosamente espera dejar en buen lugar al gobernador Crawley, candidato a la reelección, para quedar en buen lugar también ella, de manera que ambos hayan quedado en buen lugar cuando se disputen el puesto. «Joder con la política», piensa Win. Como si a alguno de los dos le importara lo más mínimo una vieja asesinada en lo más recóndito de Tennessee. Cada vez se nota más resentido conforme sigue allí sentado y el taxista conduce sin la menor idea de adónde va a menos que Win se lo indique.

—Ahí está Tremont, gire a la derecha —dice Win, al cabo, y señala con el dedo—. Por ahí arriba a la izquierda. Muy bien, ya me puede dejar aquí.

No puede evitar sentir pena cada vez que ve la casa, con sus dos plantas, las paredes de madera con la pintura descascarillada y casi cubiertas de hiedra. Igual que la mujer que vive en ella, la familia de Win no ha tenido más que una larga mala racha durante los últimos cincuenta años. Se baja del taxi y oye el tenue tintineo de campanillas en el jardín trasero en penumbra. Posa el vaso de café con leche en el techo del taxi, hurga en un bolsillo y lanza un billete de diez dólares arrugado por la ventanilla del conductor.

—¡Eh, son doce dólares!

—¡Eh, a ver si te pillas un GPS! —le suelta Win con la música mágica y etérea de las campanillas como telón de fondo mientras el taxi se pone en marcha de pronto y el recipiente de café resbala del techo, revienta contra el suelo y derrama su contenido lechoso sobre el asfalto negro. Las campanillas repican con dulzura como si se alegraran de verle.

Sopla un aire denso y húmedo y se oyen tenues y dulces tintineos procedentes de las sombras y los árboles, de puertas y ventanas que no alcanza a ver, se oyen tintineos procedentes de todas partes porque su abuela está convencida de que las campanillas deben sonar en todo momento para mantener a raya a los malos espíritus, y él nunca le ha dicho: «Bueno, si de veras da resultado, ¿cómo explicas lo de nuestras vidas?» Saca una llave del bolsillo, la introduce en la cerradura y abre la puerta.

—¿Nana? Soy yo —dice a voz en grito.

En el vestíbulo siguen las mismas fotografías de familia y cuadros de Jesucristo y crucifijos arracimados sobre el enyesado de crin de caballo, todos cubiertos de polvo. Cierra la puerta, echa la llave y deja el llavero encima de una vieja mesa de roble que lleva viendo la mayor parte de su vida.

—¿Nana?

La tele está en la sala, a todo volumen, resuenan las sirenas: Nana y sus series de polis. El volumen parece más alto que la última vez que estuvo allí, tal vez porque se ha acostumbrado al silencio. Empieza a acusar la ansiedad a medida que sigue el sonido hasta la sala donde nada ha cambiado desde que era un crío, salvo que Nana sigue acumulando cristales y piedras, estatuillas de gatos y dragones y del arcángel san Miguel, coronas mágicas y haces de hierbas e incienso, a cientos, por todas partes.

—¡Oh! —exclama ella cuando sus pasos la distraen de súbito de la reposición de algún capítulo de *Canción triste de Hill Street*.

—No quería asustarte. —Win sonríe, se acerca al sofá y le da un beso en la mejilla.

—Cariño mío —dice la anciana mientras le aprieta las manos.

Él coge el mando a distancia de una mesa cubierta con más piezas de vidrio y baratijas mágicas, piedras y una baraja de cartas del tarot, apaga la tele y hace su valoración habitual. Nana parece encontrarse bien, sus ojos oscuros se ven despiertos y brillantes en su rostro de rasgos afilados, un rostro muy terso para su edad, antaño hermoso, con el largo cabello canoso recogido en la coronilla. Lleva las joyas de plata de siempre, pulseras prácticamente hasta los codos, anillos y collares, y la sudadera naranja intenso del equipo de fútbol americano de la Universidad de Tennessee que le envió él hace escasas semanas. Nunca olvida ponerse algún regalo suyo cuando sabe que lo verá. Siempre parece saberlo; no es necesario que él se lo diga.

—No tenías la alarma conectada —le recuerda, y mientras, abre la bolsa de deporte y deja sobre la mesita de centro tarros de miel, salsa barbacoa y pepinillos en vinagre.

—Ya tengo mis campanillas, cariño.

Se le pasa por la cabeza que ha dejado la botella de bourbon en el guardarropa del Club de Profesores. No se ha acordado y Lamont no se ha dado cuenta de que no la llevaba cuando se han marchado. «No es de extrañar», piensa él.

—¿Qué me has traído? —pregunta Nana.

—No pago a la empresa de alarmas todo ese dinero

por móviles de campanillas. Unas cosillas locales, hechas allí en Tennessee. Si prefieres licor de contrabando, ya te lo traeré la próxima vez —añade en tono burlón mientras se sienta en un viejo sillón cubierto con una funda de color púrpura que una de sus clientas tejió a ganchillo hace años.

Ella coge las cartas y pregunta:

—¿Qué es todo ese asunto de «money»?

—¿Money? —Win frunce el ceño—. No utilices conmigo tus artes de brujería, Nana.

—Algo relacionado con «money». Estabas haciendo algo que tenía que ver con «money».

Win piensa en Monique Lamont, alias *Money*.

—Esa jefa tuya, supongo. —Nana baraja lentamente las cartas, que es su manera de mantener una conversación, y deja una carta de la luna en el sofá, a su lado—. Ten cuidado con ésa. Ilusiones y locura o poesía y visiones. Tú eliges.

—¿Qué tal te encuentras? —pregunta él—. ¿Ya comes algo aparte de lo que te trae la gente?

La gente le trae comida a cambio de que les eche las cartas, le dan toda clase de cosas, lo que pueden permitirse.

Deja otra carta boca arriba en el sofá, ésta con un hombre vestido de túnica con un farol. La lluvia ha vuelto a arreciar, tanto es así que suena como un redoble; las ramas de los árboles golpean el cristal de la ventana y el viento provoca un estruendo lejano y frenético.

—¿Qué quería de ti? —pregunta su abuela—. Esta noche estabas con ella.

—Nada que deba preocuparte. Lo bueno es que así tengo oportunidad de verte.

—Guarda cosas ocultas tras una cortina, cosas muy penosas, esa suma sacerdotisa de tu vida. —La anciana vuelve boca arriba otra carta, ésta con una llamativa imagen de un hombre colgado de un árbol por un pie y al que le caen monedas de los bolsillos.

—Nana —dice él con un suspiro—. Es fiscal de distrito, se dedica a la política. No es una suma sacerdotisa y no creo que forme parte de mi vida.

—Ay, desde luego que forma parte de tu vida —replica su abuela dirigiéndole una mirada intensa—. También hay alguien más. Veo a un hombre vestido de escarlata. ¡Ah! ¡Ése se va al congelador ahora mismo!

La manera que tiene su abuela de librarse de las personas destructivas consiste en escribir sus nombres o descripciones en pedazos de papel y meter éstos en la nevera. Sus clientes le pagan sumas respetables para que encierre a sus enemigos en su viejo Frigidaire, y la última vez que Win echó un vistazo, su congelador parecía el interior de una trituradora de papel.

Win advierte que su móvil comienza a vibrar; se lo saca del bolsillo de la chaqueta y mira la pantalla: es un número particular.

—Perdona —dice, y se levanta para acercarse a la ventana. La lluvia sigue golpeando el cristal.

—¿Winston Garano? —pregunta una voz de hombre, a todas luces impostada, con un acento sumamente falso que casi parece británico.

—¿Quién lo pregunta?

—Creo que le convendría tomarse un café conmigo, en Davis Square, el Café Diesel, donde van todos los bichos raros y los maricones. Abre hasta tarde.

—Empiece por decirme quién es usted.

Observa a su abuela barajar más cartas del tarot y colocarlas boca arriba en la mesa, con esmero y al mismo tiempo con absoluta tranquilidad, como si fuesen viejas amigas.

—Por teléfono, no —responde el individuo.

De pronto a Win le viene a la cabeza la anciana asesinada. Imagina su rostro hinchado y amoratado, los inmensos coágulos oscuros en la parte inferior de su cuero cabelludo y los agujeros abiertos en el cráneo, con astillas de hueso incrustadas en el cerebro. Imagina su cadáver lastimoso y maltratado sobre una mesa de autopsia de acero frío; no sabe por qué se acuerda de ella de repente, e intenta apartarla de sus pensamientos.

—No suelo ir a tomarme un café con desconocidos cuando no me dicen quiénes son o qué quieren —dice al auricular.

—¿Le suena de algo Vivian Finlay? Estoy seguro de que le conviene hablar conmigo.

—No veo ninguna razón para hablar con usted —insiste Win mientras su abuela permanece tranquilamente sentada en el sofá, pasando las cartas para luego colocar otra boca arriba, ésta roja y blanca con una estrella de cinco puntas y una espada.

—A medianoche. No falle. —El individuo pone fin a la llamada.

—Nana, tengo que salir un rato —anuncia Win al

tiempo que se guarda el móvil, vacilante junto a la ventana contra la que repiquetea la lluvia. Tiene una corazonada, el viento provoca un tañido discordante.

—Cuidado con ése —dice ella, y escoge otra carta.

—¿Va bien tu coche?

A veces se le olvida ponerle gasolina, y ni siquiera la intervención divina impide que el motor deje de funcionar.

—Iba bien la última vez que lo conduje. ¿Quién es el hombre de escarlata? Cuando lo averigües, házmelo saber. Y presta atención a los números.

—¿Qué números?

—Los que están en camino. Presta atención.

—Cierra las puertas, Nana —le aconseja—. Voy a conectar la alarma.

Su Buick de 1989 con raído techo de vinilo, pegatinas en el parachoques y un amuleto de plumas y cuentas para atrapar las pesadillas colgado del espejo retrovisor, está aparcado detrás de la casa, bajo la canasta de baloncesto que lleva oxidándose en su poste desde que era niño. El motor se resiste, cede al cabo y Win sale marcha atrás hasta la carretera porque no hay sitio para dar media vuelta. Los faros relucen en los ojos de un perro que merodea por la cuneta.

—Por el amor de Dios... —dice Win en voz alta antes de detener el coche y bajarse.

»*Miss Perra*, ¿qué haces aquí fuera? —le dice al pobre animal empapado—. Ven aquí. Soy yo, venga, venga, buena chica.

*Miss Perra*, medio sabueso, medio perro pastor, medio sorda, medio ciega, con un nombre tan estúpido como su dueña, avanza a paso inseguro, olisquea la mano de Win, lo recuerda y menea el rabo. Él le acaricia el pelaje sucio y mojado, la coge en brazos y la deja en el asiento delantero acariciándole el cuello mientras la acerca hasta una casa destartalada dos manzanas más allá. La lleva en brazos hasta la puerta y llama con los nudillos un buen rato.

Al cabo, se oye una voz de mujer al otro lado de la puerta:

—¿Quién es?

—¡Le traigo otra vez a *Miss Perra*! —contesta él en el mismo tono de voz.

Se abre la puerta y aparece una mujerona gorda y fea vestida con una bata rosa sin forma. Le faltan los dientes de abajo y apesta a tabaco. Enciende la luz del porche, parpadea deslumbrada y desvía la mirada hacia el Buick de Nana aparcado en la calle. Nunca parece acordarse del coche ni de él. Win deja suavemente a *Miss Perra*, que entra en la casa como una exhalación, huyendo de la desagradecida holgazana tan rápido como puede.

—Ya le he dicho más de una vez que acabará atropellándola un coche —le advierte Win—. ¿Qué le ocurre? ¿Sabe cuántas veces he tenido que traerla a casa porque la encuentro vagando por las calles?

—¿Qué voy a hacerle yo? La dejo salir a hacer sus necesidades y no vuelve. Además, él ha venido esta noche y ha dejado la puerta abierta, y eso que no debería acercarse por aquí. Échaselo en cara a él. La muele a patadas, más malo que una víbora, y deja la puerta abierta a propósito para que se marche, porque si esa estúpida perra se muere le partirá el corazón a Suzy.

—¿De quién habla?

—De mi maldito yerno, ese al que la policía detiene una y otra vez.

A Win le parece que ya sabe de quién está hablando; lo ha visto por el vecindario, al volante de una furgoneta blanca.

—¿Y le deja entrar en su casa? —le pregunta Win con tono severo.

—¿Cómo iba a impedírselo? No tiene miedo de nada ni de nadie. No soy yo la que pidió la orden de alejamiento.

—¿Ha llamado a la policía cuando ha venido?

—¿Para qué?

Por la puerta abierta, Win ve a *Miss Perra* tumbada en el suelo, encogida de miedo bajo una silla.

—¿Y si se la compro? —se ofrece.

—No hay dinero suficiente —responde ella—. Adoro a esa perra.

—Le doy cincuenta dólares.

—No se puede poner precio al amor —responde ella, no sin vacilar.

—Sesenta —insiste él, subiendo la oferta; es cuanto lleva encima; se ha dejado el talonario en Knoxville.

—No, señor —contesta ella, que se lo está planteando seriamente—. Mi amor por esa perra vale mucho más.

# 4

Dos muchachos de la Universidad de Tufts con el pelo verde y tatuajes juegan al billar no muy lejos de la mesa de Win, que los observa con desdén.

Tal vez él no sea de familia adinerada, ni haya alcanzado una puntuación de seiscientos en los exámenes de acceso a la universidad, ni haya compuesto una sinfonía o fabricado un robot, pero al menos cuando solicitó ingresar en los centros de enseñanza de sus sueños, fue lo bastante respetuoso como para comprarse un traje (de rebajas) y zapatos (también de rebajas), además de cortarse el pelo (tenía un cupón de descuento de cinco dólares) por si el encargado de las entrevistas de admisión le invitaba a dar una vuelta por el campus para hablar de sus aspiraciones en la vida, que consistían en llegar a ser erudito y poeta como su padre, o quizás abogado. A Win nunca le llamaron para dar un paseo por el campus ni para una entrevista. Lo único que recibió fueron cartas estándar que lamentaban informarle...

Observa todo y a todo el mundo en el interior del Café Diesel en busca de un hombre con quien debe reunirse para hablar de un asesinato que aconteció veinte años atrás en Tennessee. Es casi medianoche, sigue lloviendo y Win está sentado a su mesita, toma sorbos de capuchino, mira a los estudiantes desarrapados con sus peinados horrendos y sus ropas cutres, cafés y ordenadores portátiles y vigila la puerta principal mosqueándose por momentos. A las doce y cuarto se levanta de la mesa con gesto cabreado mientras un gilipollas con espinillas que se cree todo un Einstein coloca torpemente las bolas de billar mientras habla con su novia en tono acelerado y gritón, ambos ajenos a lo que ocurre a su alrededor, ensimismados, colocados con algo, tal vez efedrina.

—No existe —está diciendo la chica—. La palabra «sodomítico» no existe.

—*El cuadro de Dorian Gray* fue calificado de libro sodomítico en algunas críticas publicadas por aquel entonces. —Se oye un chasquido y una bola a rayas va bamboleándose hasta una de las troneras.

—Se titula *El retrato*, genio, y no *El cuadro* —le dice al pedante gilipollas cubierto de *piercings*, que ahora hace girar el taco de billar como un bastón de mando—. Y fue calificado de libro sodomítico durante el juicio contra Oscar Wilde, no en las críticas.

—Lo que tú digas.

Win echa a andar hacia la puerta y alcanza a oír «mariconazo mulato».

Regresa, le arranca de las manos el taco de billar al gilipollas y dice:

—Ahora me toca a mí. —Parte el taco en dos contra la rodilla—: Vamos a ver, ¿me decías algo?

—¡Yo no he dicho nada! —exclama el mamón con los ojos vidriosos abiertos de par en par.

Win lanza las dos mitades rotas del taco encima de la mesa y se larga haciendo caso omiso de la chica que hay detrás del mostrador, que no le quita ojo desde que ha entrado. Está echando vapor a presión en una taza grande de café y le dice «perdone» al ver que se dirige hacia la puerta.

—¡Eh! —le grita para hacerse oír por encima del ruido de la máquina de café.

Win se acerca al mostrador y dice:

—No te preocupes. Ya lo pago. —Saca unos cuantos billetes de la cartera.

Ella no parece interesada en el acto vandálico del taco de billar, y le pregunta:

—¿Es usted el detective Jerónimo?

—¿De dónde has sacado un nombre así?

—Imagino que eso es un sí —responde la chica, que alarga la mano debajo del mostrador y coge un sobre para entregárselo—. Ha venido un tipo antes y me ha pedido que le diera esto cuando estuviera a punto de marcharse.

—¿Antes? ¿Cuándo? —Win se mete el sobre en el bolsillo, atento a que alguien pueda estar observándole.

—Hace un par de horas, tal vez.

Así que el tipo del acento impostado ha llamado a Win después de dejar la carta, sin la menor intención de reunirse con él.

—¿Qué aspecto tenía? —indaga Win.

—Nada especial, tirando a viejo. Llevaba gafas con los

cristales tintados, una gabardina grande, y un pañuelo.

—¿Un pañuelo en esta época del año?

—Brillante, de seda. De color rojo intenso.

Win sale bajo la lluvia, y la humedad de la noche le hace sentir sudoroso y le afecta al ánimo. El coche de su abuela es un armatoste de aletas oscuras en Summer Street, delante del Rosebud Diner, y Win camina por la acera mojada mirando en derredor mientras se pregunta si el hombre de escarlata andará cerca, vigilándole. Abre la puerta del vehículo, mira en la guantera y encuentra una linterna y un fajo de servilletas de Dunkin' Donuts. Se enrolla unas cuantas en las manos, rasga el sobre con una de las llaves que cuelgan de la columna de dirección y extrae un papel pautado que desdobla para leer lo que hay claramente impreso en tinta negra:

**Eres tú el que está EN PELIGRO, mestizo.**

Marca el número de casa de Lamont; como no responde, prueba con el móvil. Tampoco obtiene respuesta. No le deja mensaje, pero luego cambia de parecer y vuelve a intentarlo, esta vez con éxito.

—¿Sí? —Su voz no demuestra su energía habitual.

—¡Más vale que me digas qué coño está pasando! —Win pone en marcha el coche.

—No es necesario que te pongas así conmigo —dice ella en un tono de voz extraño; parece crispada, como si le ocurriese algo.

—Un colgado con falso acento de colgado acaba de llamarme en relación con el caso Finlay. Qué coincidencia. De alguna manera, el tipo consiguió el número de mi móvil, otra coincidencia pasmosa, y casualmente dijo que iba a reunirse conmigo y en vez de presentarse me ha dejado una nota de amenaza. ¿Con quién demonios has estado hablando? ¿Has enviado un comunicado de prensa o algo por el estilo?

—Esta mañana —responde ella, y una voz sofocada de hombre en segundo plano dice algo que Win no alcanza a entender.

—¿Esta mañana? ¡Antes incluso de que llegara yo! ¿Y ni siquiera te molestas en decírmelo? —exclama.

—No pasa nada —intenta tranquilizarlo ella; un comentario al que Win no acaba de ver la lógica.

—¡Claro que pasa!

La persona con quien está Lamont —un hombre, y casi a la una de la mañana— dice algo y ella pone fin de repente a la llamada. Win permanece sentado en el interior del viejo Buick de su abuela mirando el papel pautado entre sus manos envueltas en servilletas. El corazón le late con tanta fuerza que lo siente en el cuello. Lamont ha puesto a los medios al tanto de un caso que ahora se supone que está en sus manos y ni siquiera le ha pedido permiso o se ha molestado en comentárselo. Ya puede coger esa mierda suya de «En peligro» y metérsela donde le quepa.

«Lo dejo.»

A ver qué hace Lamont cuando se lo diga.

«Lo dejo.»

No tiene idea de dónde buscarla. No ha respondido al teléfono fijo, sólo al móvil, de manera que probablemente no está en casa. Bueno, no es fácil saberlo, así que decide pasar por delante de su domicilio de Cambridge de todas maneras, por si se encuentra allí. Al carajo si tiene compañía, y también se pregunta con quién se acuesta Lamont, si será una de esas mujeres dominantes a las que no les va el sexo o tal vez todo lo contrario, una especie de piraña que devora a sus amantes hasta los huesos.

Se aleja del bordillo con un bramido haciendo derrapar la parte de atrás del vehículo —maldita tracción trasera—, patina sobre la calzada mojada y los limpiaparabrisas empiezan a arrastrarse estruendosamente sobre el parabrisas, lo que hace que Win se ponga como loco, porque ya está como loco, como si no estuviera ya inmerso en una locura en la que hacía falta estar loco para meterse, maldita sea. Debería haberse negado a tomar el vuelo de regreso, tendría que haberse quedado en Tennessee. Ya es tarde para llamar a Sykes, sería de lo más grosero. Siempre le está haciendo lo mismo y ella se lo permite. Seguro que no le importa, así que marca su número, pensando que es martes por la noche y que normalmente los martes por la noche a esas horas los dos van vestidos de pijos y están escuchando jazz en Forty-Six-Twenty mientras beben martinis y charlan.


—Eh, guapa —dice Win—. No vayas a asesinarme.

—Para una vez que estaba durmiendo... —responde Sykes, agente del Buró de Investigación de Tennessee, insomne y, de un tiempo a esta parte, rebosante de hormonas odiosas.

Se incorpora en la cama sin molestarse en encender la lámpara. Durante las últimas seis semanas ha pasado mucho tiempo hablando con Win por teléfono, acostada en la oscuridad, sola, pensando en cómo sería hablar con él en la cama, en persona. Aguza el oído por si entreoye a su compañera de piso en la habitación de al lado, pues no quiere despertarla. Lo curioso es que, cuando Sykes llevó a Win al aeropuerto de Knoxville, le dijo: «Bueno, por una vez nuestros compañeros dormirán toda la noche de un tirón.» Desde que ella y Win iniciaron su preparación en la Academia Forense Nacional, se han pasado hablando noches enteras, y puesto que los apartamentos para los alumnos no tienen tabiques muy gruesos, sus compañeros se llevan la peor parte.

—Creo que me echas de menos —dice Sykes en tono de broma, aunque con la esperanza de que sea cierto.

—Necesito que hagas una cosa —ataja Win.

—¿Ocurre algo? —Sykes enciende la lámpara de la mesilla de noche.

—Estoy bien.

—No lo parece. ¿Qué pasa? —Sykes se levanta de la cama y se queda mirando su reflejo en el espejo que hay encima de la cómoda.

—Escucha. Una anciana llamada Vivian Finlay fue asesinada en Sequoyah Hills, Knoxville, hace veinte años.

—Empieza por decirme a qué viene el repentino interés.

—Ocurre algo muy extraño. Tú estabas en Tennessee por aquel entonces, igual recuerdas el caso.

Sykes se encontraba en Tennessee, desde luego, otra

circunstancia que le recuerda su edad. Se mira en el espejo, ve su cabello rubio con hebras plateadas, desgreñado, «como Amadeus», según lo describió Win en cierta ocasión. «Si es que viste la película», añadió. No la había visto.

—Lo recuerdo vagamente —responde—. Una viuda rica, alguien entró en la casa a robar, cosa increíble en Sequoyah Hills a plena luz del día.

El espejo es especialmente cruel a esas horas: Sykes ha bebido más cerveza de la cuenta y tiene los ojos hinchados. No sabe por qué le gusta tanto a Win, por qué al parecer él no la ve como se ve a sí misma, quizá la ve como solía ser veinte años atrás, cuando tenía la piel de color crema y grandes ojos azules, el trasero firme y torneado y los pechos respingones, un cuerpo que daba por saco a la ley de la gravedad hasta que cumplió los cuarenta y la ley de la gravedad empezó a darle por saco a ella.

—Necesito el expediente policial completo —le dice Win por teléfono.

—¿Por casualidad tienes el número del caso? —pregunta Sykes.

—Sólo el número de caso de la autopsia. Únicamente copias a partir de microfilme, sin fotografías del escenario ni nada por el estilo. También necesito conseguir ese expediente, si es que podemos encontrarlo en el triángulo de las Bermudas de los archivos. Ya sabes, cuando se trasladó el antiguo depósito de cadáveres. O al menos eso dijo Lamont y doy por sentado que está en lo cierto.

«Otra vez ella.»

—Sí, se trasladó. Venga, vamos por pasos —le dice

ella, cada vez más tensa, irritable—. Primero necesitas el expediente policial.

—Es imprescindible.

—Pues a primera hora de la mañana intentaré localizarlo.

—No puedo esperar. Envíame por correo electrónico lo que puedas encontrar ahora mismo.

—¿Y quién crees que va a ayudarme a estas horas? —Ya está abriendo la puerta del armario para descolgar de una percha un par de pantalones azules de algodón de estilo militar.

—La Academia —responde Win—. Llama a Tom, sácalo de la cama.


Se dirige a toda velocidad hacia el Hospital Mount Auburn y gira por Brattle Street camino de la casa de Monique Lamont, dispuesto a fastidiarle el resto de la noche.

«Lo dejo.»

Quizá se vaya con el TBI, el FBI, el FYI... «Para que lo sepas, Monique, a mí nadie me mangonea así.»

«Lo dejo.»

«Entonces, ¿por qué envías a Sykes a cumplir una misión en plena noche?», le pregunta otra parte de su cerebro. Un tecnicismo sin importancia: el que vaya a pasar de Lamont no significa que piense abandonar el caso de Vivian Finlay, que ahora se ha convertido en un asunto personal. Si un tipo de escarlata empieza a joderle y le insulta, se convierte en un asunto personal. Win cruza una intersección sin aminorar apenas en la señal de stop, dobla a la derecha cerca del parque de bomberos y entra en la estrecha calle donde vive Lamont, en una franja de un acre en una vivienda del siglo XIX de color ciruela pálido, una casa victoriana de estilo reina Ana, ostentosa, compleja y formidable, como su dueña. La propiedad está densamente cubierta de mirtos crespones, robles y abedules, y sus siluetas oscuras se mecen al viento dejando caer el agua dc la lluvia de sus ramas y hojas.

Aparca delante, apaga los faros y detiene el motor. La luz del porche delantero no está encendida, como tampoco lo está ninguna otra luz de la propiedad salvo una ventana, la de la segunda planta hacia la izquierda de la puerta principal, y le sobreviene una de sus corazonadas. El Range Rover de Lamont está en el sendero de entrada empedrado, y la corazonada se torna más intensa. Si no está en casa, alguien vino a recogerla. Bueno, vaya cosa. Podría acostarse con quien quisiera, así que su cita de turno la recogió, tal vez se la llevó a su casa, vaya cosa, pero la corazonada no se desvanece. Si su cita de turno está en la casa con ella, ¿dónde está su coche? Win llama a su teléfono fijo y le sale el buzón de voz. Prueba con el móvil y no le responde. Prueba por segunda vez. Tampoco obtiene respuesta.

Un tipo con un pañuelo rojo lo manda de aquí para allá en una búsqueda inútil, le toma el pelo, le amenaza, se ríe de él. ¿Quién? A Win le preocupa lo que van a decir en las noticias. Igual el estúpido comunicado de prensa de Lamont ya está clamando por el ciberespacio, colgado a los cuatro vientos en internet. Tal vez es así como el tipo del pañuelo rojo se enteró de lo de «En peligro», y del papel de Win, pero eso no tiene mucho sentido. Hasta donde él sabe, Vivian Finlay no era de Nueva Inglaterra, de manera que, ¿cómo es que un tipo en Nueva Inglaterra está lo bastante interesado en el caso como para tomarse la molestia de llamar a Win, concertar un encuentro falso y tomarle el pelo?

Sigue observando la casa de Lamont, su propiedad densamente boscosa, mira calle arriba y abajo, aunque no sabe qué es lo que busca: cualquier cosa. Coge la linterna y baja del coche de aspecto prehistórico de su abuela sin dejar de escudriñarlo todo, a la escucha. Algo le da mala espina, le da algo mucho peor que mala espina. Igual es que está nervioso, predispuesto a que algo le dé mala espina, asustado como se asustaba cuando de crío empezaba a imaginar monstruos, gente mala, cosas malas, la muerte, a tener premoniciones porque «lo lleva en la sangre», como tantas veces aseguraba su abuela. No lleva pistola. Sigue el sendero de ladrillos hasta el porche delantero, sube las escaleras atento, a la escucha, y llega a la conclusión de que lo que en realidad le preocupa es Lamont.

No se lo va a tomar bien. Si está con alguien, se cobrará la cabeza de Win. Empieza a llamar al timbre y levanta la mirada en el instante mismo en que una sombra cruza por detrás de la cortina de la ventana iluminada que se ve por encima de su cabeza. Permanece atento, a la espera. Ilumina con la linterna el buzón de latón a la izquierda de la puerta y levanta la tapa. No ha recogido el correo al entrar, y de pronto recuerda lo que le dijo de una cajita con código para la llave de reserva. No ve nada por el estilo.

El agua cae de los árboles en fríos goterones y repi-quetea sobre su coronilla mientras rodea la casa hasta la parte de atrás, donde todo está cubierto de árboles y muy oscuro, y allí encuentra la cajita abierta, la llave todavía en la cerradura, la puerta entornada. Vacila, mira alrededor oyendo caer el agua, dirige el haz de luz de la linterna ha-cia los árboles, los arbustos, y descubre algo de color ro-jo oscuro entre dos bojes, una lata de gasolina con unos trapos encima, mojada por la lluvia pero limpia. Se le ace-lera el pulso, y se le desboca cuando entra silenciosamen-te a la cocina y oye la voz de Lamont, luego una voz de hombre, una voz de hombre furiosa, en la segunda plan-ta, en la habitación con la ventana iluminada encima de la puerta principal.

Sube deprisa por las escaleras de madera que chirrían, de tres peldaños en tres, y cruza un pasillo que cruje. Por una puerta abierta la ve en la cama, desnuda, atada a las columnas del lecho, y ve también a un hombre con pan-talones vaqueros y camiseta, sentado en el borde de la ca-ma, acariciándola con una pistola.

—Dilo: «Soy una puta.»

—Soy una puta —repite ella con voz trémula—. No... lo hagas..., por favor.

A la izquierda de la cama está la ventana con las cor-tinas cerradas. Sus prendas están desperdigadas por el suelo; son las mismas que llevaba horas antes en la cena.

—«No soy más que una sucia puta.» ¡Dilo!

En el techo hay una araña de cristal, una obra de arte de gran tamaño con flores pintadas —azules, anaranjadas, verdes— y Win lanza la linterna, que golpea la araña, la rompe y la hace oscilar. El hombre salta de la cama y Win lo coge por la muñeca y forcejea para apartar de sí la pistola. Nota en la cara el aliento del tipo, que apesta a ajo, y el arma se dispara contra el techo, la bala pasa a milímetros de la cabeza de Win.

—¡Suéltala! ¡Que la sueltes!

Su voz suena sofocada y lejana a causa del zumbido en los oídos mientras forcejea, y la pistola vuelve a dispararse una y otra vez hasta que de pronto los brazos del tipo languidecen. Win se apodera del arma, le propina un fuerte empujón y se desploma. De la cabeza del tipo sale sangre, que va formando un charco en el suelo de madera noble; ha quedado tendido en silencio, sangrando, sin moverse. Tiene aspecto de hispano, y no más de veinte años.

Win cubre a Lamont con un edredón y suelta los cables que la mantenían atada a las columnas de la cama mientras repite una y otra vez:

—No te preocupes. Ya estás a salvo. No te preocupes.

Llama al teléfono de emergencias y ella se incorpora, se emboza en el edredón y, con los ojos desorbitados, jadea para recuperar el aliento sin dejar de temblar violentamente.

—¡Dios mío! —dice—. ¡Dios mío!

—No pasa nada, no pasa nada, ya estás a salvo —insiste, de pie a su lado, mirando alrededor. Observa al hombre en el suelo, la sangre y las astillas ensangrentadas de vidrio tintado que hay por todas partes.

»¿Es el único? —le grita a Lamont mientras el corazón le late con fuerza y dirige la mirada desorbitada de aquí para allá. Todavía le zumban los oídos y mantiene la pistola en ristre—. ¿Hay alguien más? —pregunta a voz en grito.

Ella niega con la cabeza; está pálida, tiene los ojos vidriosos y su respiración es rápida y somera. Parece a punto de perder el conocimiento.

—Respira hondo, poco a poco, Monique. —Win se quita la chaqueta, la deja en las manos de Lamont y la ayuda a llevársela a la cara—. No pasa nada. Respira con esto contra la boca como si fuera una bolsa de papel. Eso es, muy bien. Respira hondo, poco a poco. Ahora nadie te va a hacer daño.

# 5

Monique Lamont, vestida con una bata de hospital, está en una sala de reconocimiento en el Hospital Mount Auburn, a escasas manzanas de donde vive.

Es una sala corriente, blanca, con una mesa de reconocimiento, de ésas con estribos, y un mostrador, un lavabo, un armario con instrumental médico, algodones y espéculos; también hay una lámpara quirúrgica. Poco antes, una enfermera forense estaba en la habitación a solas con Lamont, para examinar las muy privadas partes de la poderosa fiscal de distrito, hacerle frotis en busca de saliva o fluido seminal, buscar pelos que no sean de ella, tomar muestras de los arañazos, buscar lesiones, sacar fotografías y recabar cuanto pudiera constituir una prueba. Lamont mantiene el tipo sorprendentemente bien, tanto que quizás hasta resulta extraño, como si representase el papel de sí misma trabajando en su propio caso.

Está sentada en una silla blanca de plástico cerca de la mesa cubierta de papel blanco. Win ocupa un taburete, frente a ella. Otro investigador de la Policía del Estado de Massachusetts, Sammy, permanece de pie cerca de la puerta cerrada. Tenía la opción de ser entrevistada en un entorno más civilizado, como su casa, por ejemplo, pero ha rehusado con una observación clínica que raya en lo escalofriante, diciendo que lo mejor es aislarlo todo en compartimentos estancos, ceñir las conversaciones y actividades relacionadas a los lugares reducidos a los que corresponden. En otras palabras: Win tiene muchas dudas de que vuelva a dormir en su habitación. No le sorprendería que vendiera la casa.

—¿Qué sabemos de él? —vuelve a preguntar la fiscal, que parece no albergar el menor sentimiento con respecto a lo que acaba de ocurrir.

Su agresor se encuentra en estado crítico. Win mide con cuidado lo que le dice. Se trata, como mínimo, de una situación poco común. Ella está acostumbrada a preguntar a la Policía del Estado todo lo que quiere saber y a que no le oculten nada: para eso es la fiscal de distrito, está al mando y programada para exigir detalles y obtenerlos.

—Señora Lamont —dice Sammy con todo respeto—, como bien sabe usted, tenía un arma y Win hizo lo que tenía que hacer. Esas cosas ocurren.

Sin embargo, no es eso lo que ella pregunta. Mira a Win, que le sostiene la mirada notablemente bien, teniendo en cuenta que pocas horas antes la ha visto desnuda y atada a su cama.

—¿Qué sabes de él? —insiste ella, y más que una pregunta es una exigencia.

—Lo siguiente —responde Win—: Tu fiscalía lo procesó ante el tribunal de menores hace un par de meses.

—¿Por qué?

—Posesión de marihuana y crack. El juez Lane, tan magnánimo como siempre, lo dejó ir con una reprimenda.

—Está claro que la fiscal no era yo. No le había visto en mi vida. ¿Qué más?

—¿Qué te parece si nos dejas hacer primero nuestro trabajo y luego te ponemos al corriente de lo que hemos conseguido? —replica Win.

—No —responde ella—. Lo que consigáis, no. Será lo que yo pregunte.

—Pero por el momento... —dice Win.

—Información —lo interrumpe ella.

—Tengo una pregunta —interviene Sammy—. ¿Cómo llegó usted a casa anoche?

Una expresión sombría cruza el rostro de Lamont, algo en sus ojos, tal vez vergüenza. Quizás hablar con la fiscal de distrito después de que haya sufrido una experiencia semejante lo convierte en cierta manera en un *voyeur*. Lamont hace caso omiso de él, hace caso omiso de su pregunta.

—Cené contigo —le dice a Win—. Subí a mi coche y regresé al despacho para acabar unas cosas, luego volví directamente a casa. Como no tenía las llaves, fui a la parte de atrás, introduje el código en la caja, y saqué la llave de reserva. Estaba abriendo la puerta trasera cuando de pronto una mano me tapó la boca y alguien a quien no podía ver me dijo: «Un solo ruido y date por muerta.» Luego me hizo entrar en casa a empujones.

Lamont recita los hechos a la perfección. Su agresor, ahora identificado como Roger Baptista, de East Cambridge, con una dirección no muy alejada del edificio judicial donde trabaja Lamont, la obligó a entrar en su dormitorio y empezó a arrancar cables de las lámparas y de la radio-despertador. Entonces sonó el teléfono. No respondió. Después sonó su móvil. Tampoco respondió.

Quien llamaba era Win.

Su móvil volvió a sonar y Lamont reaccionó con rapidez, dijo que debía de ser su novio, que seguramente estaría preocupado y podía presentarse en cualquier momento, así que Baptista le dijo que contestara y que si intentaba algo le volaría la tapa de los sesos y luego mataría a su novio y a quien fuese necesario, y ella respondió. Mantuvo la breve y peculiar conversación con Win. Dice que colgó y Baptista la obligó a desnudarse y la ató a las columnas de la cama. La violó y después volvió a ponerse los pantalones.

—¿Por qué no opuso resistencia? —pregunta Sammy con toda la delicadeza posible.

—Tenía una pistola. —Lamont mira a Win—. No me cabía la menor duda de que iba a utilizarla si me resistía. Probablemente iba a utilizarla de todas maneras. Cuando acabó conmigo, hice todo lo posible para controlar la situación.

—Y eso, ¿qué significa? —indaga Win.

Lamont vacila, elude su mirada y responde:

—Significa que le dije que hiciera lo que quisiese, que me comporté como si no estuviera asustada; o asqueada. Hice lo que pedía. Dije lo que me instó a que dijera. —Vacila—. En un tono tan tranquilo y poco beligerante como me fue posible, teniendo en cuenta las circunstancias. Yo, esto..., le dije que no era necesario que me atara. Le dije, bueno, que me las veía con casos así todo el tiempo, que los entendía, que me hacía cargo de que tenía sus razones. Yo, bueno...

El silencio que sigue resuena en la sala y es la primera vez que Win ve ruborizarse a Lamont. Sospecha que sabe exactamente lo que hizo para entretener a Baptista, para calmarlo, para establecer un vínculo con él acariciando la remota esperanza de que la dejara vivir.

—Quizás actuó como si le apeteciera un poco —sugiere Sammy—. Eh..., las mujeres lo hacen continuamente. Para que el violador crea que todo va de maravilla, se lo montan bien en la cama, fingen un orgasmo e incluso le piden al tipo que vuelva en otra ocasión como si se tratara de una cita o...

—¡Fuera! —Lamont lo fulmina con la mirada y, señalándolo con el dedo, añade—: ¡Largo de aquí!

—Yo sólo...

—¿No me has oído?

Sammy sale de la habitación y deja a Win a solas con ella, lo que no representa la primera opción que tenía él en mente. Considerando que hirió gravemente a su agresor, sería preferible, y prudente, entrevistarla en presencia de al menos un testigo.

—¿Quién es ese cabronazo? —pregunta Lamont—. ¿Quién? ¿Y crees que es una maldita coincidencia que decidiera presentarse en mi casa la misma noche que mis llaves desaparecieron misteriosamente? ¿Quién es?

—Roger Baptista.

—No es eso lo que pregunto.

—¿Cuándo es la última vez que viste tus llaves? —pregunta Win—. ¿Cerraste con ellas al ir a trabajar por la mañana? Ayer por la mañana, en realidad.

—No.

—¿No?

Lamont permanece en silencio un momento, y al cabo dice:

—No fui a casa anteanoche.

—¿Dónde estabas?

—Me quedé con un amigo y fui directa a trabajar desde allí. Después del trabajo cené contigo y luego pasé por el despacho. Ésa es la cronología.

—¿Te importa decirme con quién te quedaste?

—Pues sí.

—Sólo intento...

—No soy yo quien ha cometido un crimen —lo interrumpe ella, mirándolo con frialdad.

—Monique, supongo que tu alarma estaba conectada cuando abriste la puerta con la llave de reserva —dice Win sin rodeos—. Baptista te tapa la boca con la mano mientras abres la puerta. ¿Qué ocurre con la alarma después?

—Me dijo que si no la desconectaba me mataría.

—¿No tienes un código secreto que alerte a la policía sin hacer ruido?

—Venga, por el amor de Dios. ¿Se te hubiera pasado a ti por la cabeza? A ver qué medidas de seguridad eres capaz de adoptar cuando alguien te está apuntando a la nuca con un arma.

—¿Sabes algo de una lata de gasolina y unos trapos encontrados cerca de tu puerta trasera, entre los arbustos?

—Tú y yo necesitamos mantener una conversación muy importante —le dice Lamont.


Sykes conduce su propio coche, un Volkswagen Rabbit azul del 79, por la Ciudad Vieja, como se conoce el centro histórico de Knoxville.

Pasa por delante del Bar y Pizzería Barley's, del Tonic Grill, vacío y oscuro, y luego por una obra en construcción que fue suspendida días atrás cuando una excavadora desenterró unos huesos que resultaron ser de vaca, pues en una reencarnación anterior el solar había sido corral de ganado y matadero. Su inquietud —el canguelo, lo llama ella— se agrava conforme va acercándose a destino. Espera que el empeño de Win en que localizara los expedientes del caso de Vivian Finlay cuanto antes sea lo bastante urgente como para que haya merecido la pena despertar al director de la Academia, luego al jefe de la Policía de Knoxville y después a varias personas más de la División de Investigación Criminal y Archivos, que no han conseguido ubicar el caso, sólo su número de entrada, KPD893-85.

Por último —y ha sido lo más desagradable de todo—, Sykes ha despertado a la viuda del antiguo detective Jimmy Barber, que parecía borracha, y le ha preguntado qué podía haber hecho su difunto marido con sus viejos expedientes, el papeleo, los recuerdos, etcétera, cuando se jubiló y recogió su despacho en la jefatura de policía.

—Toda esa porquería está en el sótano —respondió la

mujer—. ¿Qué os creéis que esconde ahí, a Jimmy Hoffa o el jodido código Da Vinci?

—Lamento muchísimo molestarla, señora, pero estamos intentando localizar unos expedientes antiguos —ha dicho Sykes, eligiendo con mucho cuidado sus palabras, pues Win le dejó claro que estaba ocurriendo algo extraño.

—No sé qué coño de mosca os ha picado a todos —ha rezongado la señora Barber por teléfono, entre maldiciones, con la lengua pastosa—. ¡Son las tres de la mañana, maldita sea!

En lo que los habitantes de la zona llaman Shortwest Knoxville, la ciudad empieza a deshilacharse por las costuras, desintegrándose en urbanizaciones de viviendas protegidas antes de mejorar un poco, aunque no mucho, a unos tres kilómetros al oeste del centro. Sykes aparca delante de una casa de estilo ranchero con paredes de vinilo y el jardín hecho una porquería, la única vivienda con cubos de basura vacíos plantados de cualquier manera junto a la calle porque la señora Barber, por lo visto, es demasiado perezosa para llevarlos rodando de regreso a su casa. Hay muy pocas farolas en el vecindario y gran número de viejos coches trucados de colores llamativos: Cadillacs, un Lincoln pintado de púrpura, un Corvette con unos estúpidos tapacubos giratorios. Bugas de mierda de gentuza, camellos, chavales que no son más que un cero a la izquierda. Sykes tiene presente la Glock del calibre 20 que lleva en la sobaquera. Llama al timbre.

Poco después, la luz del porche parpadea y se enciende.

—¿Quién es? —farfulla una voz al otro lado de la puerta.

—La agente Sykes, del Buró de Investigación de Tennessee.

Se oye el tintineo de una cadena y el chasquido de un cerrojo de seguridad. Se abre la puerta y una mujer de aspecto vulgar con el cabello teñido de rubio y manchas de maquillaje bajo los ojos se hace a un lado para franquear el paso a Sykes.

—Señora Barber —dice Sykes con amabilidad—. Le agradezco...

—No entiendo a qué viene tanto revuelo, pero adelante. —La interrumpe la mujer. Tiene la bata mal abrochada, los ojos enrojecidos y huele a alcohol—. El sótano es por ahí —indica con un gesto de la cabeza y vuelve a cerrar la puerta con ademanes torpes; posee una voz muy sonora con un marcado timbre nasal—. Ya puede hurgar todo lo que quiera entre la porquería. Me trae sin cuidado si la carga en una furgoneta y se la lleva.

—No me hace falta cargarla en una furgoneta —responde Sykes—. Sólo necesito echar un vistazo a unos expedientes policiales que tal vez tenía en su despacho su marido.

—Yo me vuelvo a la cama —dice la señora Barber.


Da la impresión de que Lamont ha olvidado dónde se encuentra.

A Win se le ocurre que está delirando, que cree encontrarse en su amplio despacho rodeada de su gran colección de objetos de cristal, tal vez con uno de sus caros trajes de marca, sentada a su gran mesa de vidrio en lugar de vestida con una bata de hospital, sentada en una silla de plástico en una sala de reconocimiento. Se comporta como si ella y Win estuvieran haciendo lo de siempre, enfrascados en un caso importantísimo, uno de esos difíciles, destinado a sufrir muchas complicaciones y aparecer destacado en la prensa.

—No sé si me estás oyendo —le dice a Win en el momento en que alguien llama con los nudillos a la puerta cerrada.

—Un momento. —Win se levanta para responder.

Es Sammy, que asoma la cabeza y dice en voz queda:
—Lo siento.

Win sale al pasillo y cierra la puerta a su espalda. Sammy le entrega un ejemplar del *Boston Globe* de esa misma mañana, la sección local. En la primera página, un gran titular reza:

CUALQUIER CRIMEN EN CUALQUIER MOMENTO.
LA FISCAL DE DISTRITO RECURRE A LA CIENCIA
DE LA ERA ESPACIAL PARA RESOLVER UN
ANTIGUO ASESINATO.

—Hay cuatro cosas que deberías saber —dice Sammy—. En primer lugar, tu nombre aparece por todas partes en el artículo, como si fuera una maldita hoja de ruta de cómo se supone que vas a resolver el misterio del gobernador, o mejor dicho, el misterio de Lamont... —Mira hacia la puerta cerrada y prosigue—: Ya que ha delegado en ella. Si el asesino sigue por ahí y lee toda esta mierda, te deseo buena suerte. Lo segundo..., pues, la verdad es que no tiene maldita la gracia.

—¿De qué se trata?

—Baptista acaba de morir, lo que, por supuesto significa que ahora no podemos hablar con él. En tercer lugar, al registrar su ropa he encontrado mil pavos en billetes de cien dólares en el bolsillo de atrás del pantalón.

—¿Sueltos, doblados, cómo?

—Dentro de un sobre blanco corriente, sin nada escrito. Los billetes parecen recientes, ya sabes, nuevecitos. No estaban doblados ni nada. He llamado a Huber a su casa. El laboratorio va a analizarlos de inmediato en busca de huellas.

—¿Qué es lo cuarto?

—Los medios se han enterado de... —Sammy vuelve a señalar la puerta cerrada con un movimiento de la cabeza—. Hay como mínimo tres camionetas de la televisión y una muchedumbre de periodistas en el aparcamiento, y ni siquiera ha amanecido aún.

Win entra de nuevo en la sala de reconocimiento y cierra la puerta.

Lamont sigue sentada en la misma silla de plástico. Se da cuenta de que no tiene nada que ponerse a menos que acepte vestir el chándal que se puso antes de que Win la llevara al hospital. Después de la agresión, no podía ducharse; él no tuvo que darle instrucciones, se trataba del procedimiento corriente. Todavía no se ha duchado, y no es un tema que a Win le resulte cómodo sacar a colación.

—La prensa se ha enterado —le informa, sentándose

en el taburete—. Tengo que sacarte de aquí sin que te tiendan una emboscada. Seguro que ya sabes que ahora mismo no puedes regresar a tu casa.

—Ese tipo iba a quemarla —afirma ella.

La lata de gasolina estaba llena, y seguro que no la había dejado allí el jardinero.

—Iba a matarme y a quemar mi casa hasta los cimientos —añade Lamont con voz firme; la fiscal de distrito se ocupa del caso como si la víctima no hubiese sido ella—. ¿Por qué? Para hacer que mi muerte pasara por un accidente. Para que diera la impresión de que fallecí en el incendio de mi casa. No es ningún principiante.

—Depende de si lo hizo por cuenta propia —señala Win—, o alguien le dio instrucciones. En cualquier caso, disimular un homicidio con un incendio no resulta muy fiable. Lo más probable es que la autopsia hubiera revelado lesiones en los tejidos blandos, la bala y tal vez daños en cartílagos y huesos. Los cadáveres no arden por completo en los incendios domésticos, eso ya lo sabes.

Win recuerda el dinero que encontraron en el bolsillo de Baptista y algo le dice que no es buena idea facilitar ese detalle a Lamont todavía.

—Necesito que te quedes aquí —dice ella, y se aferra a la manta en la que está embozada—. Olvídate de la anciana de Tennessee. Tenemos que averiguar quién está detrás de esto. No es sólo un pringado de... Tal vez alguien le instó a que lo hiciera.

—Huber ya ha movilizado a los del laboratorio.

—¿Cómo se ha enterado? —rezonga ella—. No le he dicho... —Se interrumpe con los ojos abiertos de par en par—. No va a salirse con la suya —agrega hablando otra vez de Baptista—. Este caso no va a ser... Quiero que te encargues tú. Vamos a empapelarlo.

—Monique, ha muerto...

Ella ni se inmuta.

—Justificadamente o no, de resultas del forcejeo o no, lo maté —prosigue él—. Fue un tiroteo limpio, pero ya sabes lo que ocurre. Tu oficina no puede investigarlo por su cuenta, tendrá que transferir el caso a otra fiscalía de distrito o acudir al Departamento de Homicidios de Boston. Por no hablar de que Asuntos Internos meterá la nariz. Por no mencionar la autopsia y todas y cada una de las pruebas habidas y por haber. Me veré relegado a tareas administrativas durante una temporada.

—Quiero que te ocupes de esto ahora mismo.

—¿Ni siquiera un día por cuestiones de salud mental? Qué bonito.

—Ve a tomarte unas cervezas con los de la unidad para el control del estrés. No quiero ni oír hablar de tu supuesta salud mental. —Lamont está lívida y sus ojos son dos oscuras grutas de odio, como si fuera él quien la ha atacado—. Si yo no me tomo un día por razones de salud mental, tú tampoco te lo vas a tomar, maldita sea.

Su cambio de actitud resulta pasmoso, desconcertante.

—Tal vez no alcanzas a comprender la magnitud de lo que acaba de ocurrir —dice él—. Veo cosas parecidas continuamente con otras víctimas.

—No soy ninguna víctima, sino que me escogieron como víctima. —Con la misma brusquedad, Lamont adopta de nuevo su papel de fiscal de distrito, la estratega, la política—. Hay que llevar el asunto con suma precisión o si no, ¿sabes cómo se me conocerá? Como la candidata a gobernadora que fue violada.

Win no contesta.

—Cualquier crimen en cualquier momento, incluido el mío —añade Lamont.

# 6

Monique está de pie en medio de la sala de reconocimiento con la manta blanca echada sobre los hombros.

—A ver si consigues sacarnos de aquí —le dice a Win.

—No se trata de nosotros —señala él—. Yo no puedo involucrarme.

—Quiero que te encargues de esto. Tienes que venir conmigo. —Lamont se muestra más tranquila ahora—. A ver si consigues sacarnos de aquí. Quédate conmigo hasta que esté segura de encontrarme a salvo. No sabemos quién anda detrás de esto. He de protegerme.

—De acuerdo, pero no puedo ser yo quien te proteja.

Ella lo mira fijamente.

—Tengo que dejarles que investiguen este asunto, Monique. No puedo verme implicado en un caso en el que se ha producido una muerte y seguir adelante como si nada hubiera ocurrido.

—Puedes y lo harás.

—No esperarás que sea tu guardaespaldas, imagino.

—Eso sería como una fantasía para ti, ¿verdad? —responde ella, sin apartar la vista de su rostro; hay algo en sus ojos que Win nunca ha visto, al menos en ella—. Sácame de aquí. Tiene que haber un sótano, una salida de emergencia, algo. ¿Es que este maldito hospital no tiene una plataforma de aterrizaje para helicópteros en la azotea?

Win llama a Sammy por el móvil y le dice:

—Haz venir uno de los helicópteros y sácala de aquí.

—¿Adónde? —quiere saber Sammy.

Win mira a Lamont y pregunta:

—¿Dispones de algún lugar seguro donde quedarte?

Ella vacila, y a continuación propone:

—Boston.

—¿Boston, dónde? Tengo que saberlo.

—Un apartamento.

—¿Tienes un apartamento en Boston? —¿Cómo es que tiene un apartamento a menos de quince kilómetros de su casa?, se pregunta Win, sorprendido.

Ella no contesta, no tiene por qué darle ninguna explicación acerca de su vida.

Win le dice a Sammy:

—Haz que la espere un agente cuando aterrice y la escolte hasta su apartamento.

Pone fin a la llamada, mira a Lamont y tiene una de sus corazonadas.

—Ya sé que las palabras no son suficiente, Monique, pero no sabes cuánto lamento...

—Tienes razón, las palabras no son suficiente. —Lamont le dirige la misma mirada desconcertante.

—A partir de este momento estoy fuera de servicio durante unos días —dice él—. Es lo más adecuado.

Lamont lo fulmina con la mirada mientras continúa

de pie en la salita, con la manta blanca sobre los hombros.

—¿A qué te refieres con «lo más adecuado»? Yo creía que me tocaba a mí decidir qué es lo que más me conviene.

—Igual todo esto no gira exclusivamente en torno a ti.

La mirada amedrentadora de Lamont no se aparta de la de él.

—Monique, necesito unos días para ocuparme de todo.

—Ahora mismo, tu trabajo es ocuparte de mí. Tenemos que encargarnos de controlar los posibles perjuicios, de darle la vuelta al asunto para convertirlo en algo positivo. Eres tú quien me necesita a mí.


Lamont permanece inmóvil, mirando fijamente a Win. En la expresión de sus ojos hierven a fuego lento el odio y la ira.

—Soy el único testigo —afirma ella en un tono neutro.

—¿Me amenazas con mentir acerca de lo que ocurrió si no hago lo que dices?

—Yo no miento. De eso no le cabe la menor duda a nadie —replica ella.

—¿Me estás amenazando? —repite Win, y ya no es el hombre que le ha salvado la vida, sino un poli el que habla—. Porque hay testigos más importantes que tú: los testigos silenciosos de la ciencia forense. Sus fluidos corporales, por ejemplo. A menos que tengas intención de decir que fue consentido. Entonces supongo que su saliva y su fluido seminal carecen de importancia, y que yo interrumpí sin querer una cita, una escenita sexual de lo más creativa. Tal vez él creyó que te estaba protegiendo de mí, que el intruso era yo, en lugar de lo contrario. ¿Es eso lo que piensas decir, Monique?

—¿Cómo te atreves...?

—Se me dan bastante bien los guiones. ¿Quieres unos cuantos más?

—¡Cómo te atreves!

—No. Cómo te atreves tú. Acabo de salvarte la vida, maldita sea.

—Eres un cerdo sexista. Típico de los hombres: os creéis que a todas nos apetece...

—Ya está bien.

—Os creéis que todas tenemos la fantasía secreta de ser...

—¡Ya está bien! —exclama Win, y bajando la voz añade—: Te ayudaré cuanto pueda. Todo esto no es culpa mía. Ya sabes lo que ocurrió. Está muerto: recibió su merecido. La mejor venganza, si quieres enfocarlo así. Has ganado y le has hecho pagar el precio definitivo, es otra forma de verlo. Ahora vamos a enmendar lo que podamos, vamos a encarrilar el asunto como mejor podamos. Hay que controlar los perjuicios, como tú dices.

A Monique se le despeja la mirada, dejando sitio para nuevos pensamientos.

—Necesito unos días —prosigue Win—. Necesito que te abstengas de desquitarte conmigo por lo que ha ocurrido. Si no puedes, me temo que no tendré otra opción que...

—Hechos —le interrumpe ella—. Huellas en la lata de gasolina. ADN. La pistola, ¿es robada? Mi juego de llaves desaparecido, probablemente una coincidencia a menos que las tuviera esa persona, o que estén en su casa. De ser así, ¿por qué no estaba esperándome dentro?

—Tu alarma.

—Cierto. —Lamont empieza a caminar arriba y abajo, embozada en la manta blanca como un jefe indio—. ¿Cómo llegó a mi casa? ¿Tiene coche? ¿Lo llevó alguien? Su familia... ¿A quién conocía?

Su agresor está muerto y Monique Lamont ya piensa en él como en un cadáver. Win mira el reloj y llama a Sammy. El helicóptero estará listo en nueve minutos.


El Bell 430 despega del helipuerto de la azotea del hospital Mount Auburn, permanece unos instantes suspendido en el aire, vira y se eleva hacia el horizonte urbano de Boston. Es un pájaro de siete millones de dólares. Lamont ha tenido mucho que ver en que la Policía del Estado de Massachusetts disponga de tres unidades.

En esos momentos no se enorgullece mucho de ello; de hecho no se enorgullece mucho de nada, no está muy segura de cómo se siente, además de entumecida. Desde el lugar que ocupa en los asientos traseros del aparato alcanza a ver a los periodistas, frenéticos allá abajo, con las cámaras enfocadas en su dirección, de manera que cierra los ojos e intenta hacer caso omiso de las ganas desesperadas que tiene de darse una ducha y ponerse ropa limpia, intenta olvidarse de las zonas de su cuerpo que fueron invadidas y violadas, intenta desentenderse de los miedos persistentes a las enfermedades de transmisión sexual y al embarazo. Hace todo lo posible por concentrarse en quién es y en lo que es, y no en lo que ha ocurrido apenas unas horas antes.

Respira hondo, mira por la ventanilla, contempla las azoteas que se suceden a sus pies mientras el helicóptero se abre camino hacia el Hospital General de Massachusetts, donde los pilotos tienen previsto aterrizar para que algún agente pueda recogerla y llevarla a un apartamento del que supuestamente nadie tiene conocimiento. Lo más probable es que pague por el error, pero no sabe qué otra cosa podría haber hecho.

—¿Va bien ahí atrás? —Oye la voz de un piloto a través de los auriculares.

—Sí.

—Aterrizaremos en cuatro minutos.

Se está derrumbando. Mira sin parpadear la pantalla que separa a los pilotos de ella, y se siente cada vez más abotargada, cada vez más hundida. En cierta ocasión, cuando era estudiante en Harvard, se emborrachó, se puso como una cuba, y aunque nunca le habló de ello a nadie, llegó a la conclusión de que al menos uno de los hombres con los que se había ido de marcha mantuvo relaciones con ella mientras estaba inconsciente. Cuando recuperó el conocimiento, había salido el sol y los pájaros estaban armando bulla, ella estaba sola en un sofá y era evidente lo que había ocurrido, pero no acusó al sospechoso que tenía en mente, y desde luego ni se planteó pedir que la examinara una enfermera forense. Recuerda cómo se sintió aquel día: envenenada, aturdida. No, no sólo aturdida, quizá muerta. Eso era, recuerda mientras se adentra en el contorno del centro de la ciudad: se sintió muerta.

La muerte puede ser liberadora. Si estás muerto hay cosas de las que ya no tienes que preocuparte. La gente no puede dañar ni mutilar partes de uno que ya han muerto.

—¿Señora Lamont? —dice la voz de un piloto por los auriculares—. Cuando aterricemos, nos llevará un minuto apagar los motores, y quiero que entretanto permanezca sentada. Una persona se encargará de abrirle la portezuela y ayudarla a bajar.

Imagina al gobernador Crawley. Imagina la fea mueca de su sonrisa cuando se entere de la noticia. Es probable que ya esté al corriente; seguro que debe de estarlo. Se mostrará compasivo, desconsolado, y la humillará y destruirá en las elecciones.

—Y luego, ¿qué? —pregunta, acercándose el micro a los labios.

—El agente de la Policía del Estado en tierra ya le dirá... —responde uno de los pilotos.

—Usted es de la Policía del Estado —le interrumpe Lamont—. Le pregunto a usted cuál es el plan. ¿Hay medios de comunicación?

—Estoy seguro de que la informarán de todo, señora.

Ahora sobrevuelan el helipuerto de la azotea del hospital, una manga de viento de color naranja intenso aletea en la estela del rotor y una agente de la Policía del Estado con uniforme azul inclina la cabeza frente al viento. El helicóptero toma tierra y Lamont permanece sentada mientras se detiene el motor, contemplando a la agente, una desconocida de aspecto vulgar, alguien en los eslabones inferiores de la cadena alimenticia cuya misión consiste en llevar a la fiscal, traumatizada y asediada, a un refugio seguro. Una maldita escolta, una maldita guardaespaldas, una maldita mujer para recordar a Lamont que es una mujer a la que un hombre acaba de violar y, por lo tanto, lo más probable es que no quiera que sea justamente un hombre quien la proteja. Es una víctima. Imagina a Crawley, imagina lo que dirá, lo que ya está diciendo y pensando.

Los motores guardan silencio, las palas lanzan un tenue gemido al ir perdiendo velocidad y, al cabo, se detienen. Lamont se quita los auriculares y el cinturón de seguridad e imagina el rostro zalamero y santurrón de Crawley mirando a la cámara y compadeciéndose en nombre de los habitantes de Massachusetts de Monique Lamont, La Víctima.

«La Víctima gobernadora. Cualquier crimen en cualquier momento, incluido el mío.»

Lamont abre la portezuela del helicóptero sin esperar a que llegue la agente y desciende por sus propios medios antes de que nadie tenga oportunidad de ayudarla.

«Lamont, la de cualquier crimen en cualquier momento, incluido el mío.»

—Quiero que me localices a Win Garano, ahora mismo —le ordena a la agente—. Dile que deje todo lo que tenga entre manos y me llame sin pérdida de tiempo —le ordena.

—Sí, señora. Soy la sargento Small.* —La mujer de

* En inglés, «pequeña». (*N. del T.*)

uniforme le tiende la mano en un saludo que tiene muy poco de oficial.

—Qué apellido tan desafortunado —responde Lamont, camino ya de una puerta que conduce al interior del hospital.

—Se refiere al investigador, ¿verdad? Ése al que llaman Jerónimo. —La sargento Small se pone a su altura—. Si estuviera gorda sería un apellido de lo más desafortunado, señora. Bastante se cachondean ya. —Coge el micrófono de su voluminoso cinturón negro y abre la puerta—. Tengo el coche abajo, bien escondido. ¿Le importa bajar unas cuantas escaleras? ¿Adónde quiere que la lleve luego?

—Al *Globe* —responde Lamont.


El sótano de Jimmy Barber está cubierto de polvo y moho. Una bombilla desnuda de escasa potencia ilumine el centenar aproximado de cajas de cartón, algunas de ellas con etiquetas, apiladas hasta las vigas.

Sykes ha pasado cuatro horas apartando cajas con porquerías diversas: grabadoras antiguas, montones de cintas, varios jarrones vacíos, aparejos de pesca, gorras de béisbol, un chaleco antibalas de un modelo antiguo, trofeos de *softball*, un millar de fotografías, cartas y revistas, expedientes, libretas con una caligrafía horrenda. Porquería y más porquería. El tipo era demasiado vago para organizar sus recuerdos, así que los metió en cajas y lo guardó prácticamente todo salvo los envases de comida rápida y lo que tiraba a la papelera.

Hasta el momento, ha revisado un buen número de

casos, casos que, probablemente, el tipo pensó que merecía la pena guardar: un fugitivo que se escondió en una chimenea y se quedó atascado, una agresión mortal con un bolo, un hombre alcanzado por un rayo cuando dormía en una cama de hierro, una mujer en estado de embriaguez que se paró en medio de la carretera a mear, olvidó poner el coche en punto muerto y se atropelló a sí misma. Casos y más casos que Barber no debería haberse llevado a casa cuando se jubiló. Pero aún no ha localizado el KPD 893-85, ni siquiera en una caja que contenía cantidad de documentos, correspondencia y casos de 1985. Llama a Win al móvil por tercera vez, deja otro mensaje, sabe que está ocupado pero se lo toma como algo personal.

No puede por menos de pensar que si fuera alguien importante de veras, quizá como esa fiscal de distrito licenciada en Harvard de la que tanto se queja él, le devolvería la llamada de inmediato. Sykes fue a una diminuta universidad cristiana en Bristol, Tennessee, y lo dejó el segundo año porque detestaba el centro y no veía ninguna razón práctica por la que debiera aprender francés o cálculo o asistir a misa dos veces a la semana. No es del mismo calibre que Win y esa fiscal, ni que todas esas personas del Norte que forman parte de la vida de Win. Prácticamente tiene edad para ser su madre.

Sykes está sentada sobre un gran cubo de plástico vuelto del revés y mira los montones de cajas de cartón con los ojos irritados, picor de garganta y los riñones doloridos. Por un instante se siente abrumada, no sólo por la tarea que tiene ante sí sino por todo, más o menos como se sintió cuando acababa de entrar en la Academia y el segundo día llevaron a toda la clase a hacer una visita al famoso centro de investigación de la Universidad de Tennessee conocido como la Granja de Cuerpos, dos acres boscosos en los que había dispersos cadáveres hediondos en cualquier estado imaginable, restos humanos donados pudriéndose en el suelo o debajo de losas de mármol, en maleteros de coches, dentro de bolsas de plástico o fuera de ellas, vestidos o desnudos, a la vista de antropólogos y entomólogos que paseaban por allí un día tras otro para tomar notas.

«¿Quién podría hacer esto? Quiero decir, ¿qué clase de persona hace algo tan asqueroso para ganarse la vida, u obtener un título, o lo que sea?», le preguntó a Win mientras se ponían en cuclillas para observar los gusanos arracimados sobre un hombre ya medio esqueletizado cuyo cabello se había desprendido del cráneo, por lo visto víctima de un accidente de tráfico, a un metro escaso de ellos.

«Más vale que te acostumbres», le contestó él como si el hedor y los insectos no lo molestaran en absoluto, como si ella no tuviera ni zorra idea de nada. «No es agradable trabajar con muertos; nunca te dan las gracias. Los gusanos están bien. No son más que criaturillas. ¿Lo ves?» Cogió uno, se lo puso en la yema del dedo, donde quedó encaramado igual que un grano de arroz, un grano de arroz capaz de moverse por sí mismo. «Son nuestros amiguitos. Nos dicen en qué momento se produce la muerte y nos dan toda clase de detalles.»

«Puedo detestar los gusanos tanto como me venga en gana», respondió Sykes. «Y no hace falta que me trates como si me chupara el dedo.»

Se pone en pie y echa un vistazo por encima a las cajas preguntándose cuáles contendrán más casos antiguos
que salieron del despacho bajo el brazo del detective Barber. Vaya idiota egoísta. Levanta una caja que está en la
cuarta hilera a partir del suelo y suelta un gruñido al notar lo mucho que pesa; confía en no hacerse daño. La mayor parte de las cajas están abiertas, probablemente porque el viejo gilipollas no se tomó la molestia de volver a
cerrarlas con cinta adhesiva después de revolver en ellas
a lo largo de los años, y empieza a hurgar entre recibos de
tarjetas de crédito y facturas de teléfono y servicios domésticos que se remontan a mediados de la década de los
ochenta. No es lo que está buscando, pero lo curioso de
los recibos y las facturas es que a menudo revelan más
acerca de una persona que las confesiones y los relatos
de testigos presenciales, y le pica una cierta curiosidad al
imaginar el 8 de agosto de veinte años atrás, el día en que
asesinaron a Vivian Finlay.

Imagina al detective Barber yendo al trabajo aquel
día, probablemente como si fuera otro día cualquiera,
para luego recibir una llamada con la orden de que acu-
diera a la lujosa residencia de la señora Finlay a orillas del
río en Sequoyah Hills. Sykes intenta recordar dónde estaba en agosto de hace veinte años. En pleno divorcio, allí
estaba. Hace veinte años era una operadora de radio de la
policía en Nashville y su marido trabajaba en una disco-
gráfica, descubriendo nuevos talentos femeninos que resultaron ser un tanto distintos de lo que Sykes conside-
raba aceptable.

Saca expedientes etiquetados por meses de manera

bastante descuidada y vuelve a sentarse en el cubo de plástico a estudiar una serie de recibos y facturas de teléfono y servicios. La dirección que aparece en los sobres se corresponde con la de la casa donde está ese cuchitril de sótano, y mientras comprueba justificantes de Master-Card, empieza a sospechar que por aquel entonces Barber vivía solo, porque en la mayoría de las entradas figuran comercios como Home Depot, Wal-Mart, una bodega y un bar deportivo. Repara en que durante la primera mitad de 1985 hizo muy pocas llamadas de larga distancia, algunos meses apenas dos o tres. Luego, en agosto, esa tendencia cambió repentinamente.

Ilumina con la linterna una factura de teléfono y recuerda que hace veinte años eran unos trastos grandes e incómodos que tenían todo el aspecto de un contador Geiger. No los usaba nadie, y menos los polis. Cuando estaban lejos de sus mesas y tenían que hacer llamadas, pedían a la operadora que lo hiciera y les enviara la información por radio. Si la información que necesitaba el detective era confidencial o enrevesada, regresaba a comisaría, y si estaba fuera, cargaba las llamadas a la cuenta del departamento y luego tenía que cumplimentar formularios de reembolso.

Lo que no hacían los polis eran llamadas relacionadas con los casos desde sus propios domicilios ni cargarlas a sus números particulares, pero a partir del ocho de agosto por la noche, cuando la señora Finlay ya estaba muerta y en la cámara frigorífica del depósito de cadáveres, Barber empezó a hacer llamadas desde el teléfono de su casa, hasta siete entre las cinco de la tarde y medianoche.

# 7

El apartamento de Win está en la tercera planta de un edificio de ladrillo y piedra arenisca en el que a mediados del siglo XIX había funcionado una escuela. Teniendo en cuenta que tuvo tantos problemas para entrar en centros de enseñanza, es curioso que acabara viviendo en uno de ellos.

No fue premeditado. Cuando lo contrató la Policía del Estado de Massachusetts, tenía veintidós años y no poseía nada a su nombre salvo un jeep de diez años, ropa de segunda mano y los quinientos dólares que había conseguido ahorrar Nana a modo de regalo de graduación. Encontrar un sitio al alcance de su bolsillo en Cambridge estaba descartado hasta que dio con la vieja escuela en Orchard Street, abandonada durante décadas y reconvertida posteriormente en apartamentos. El edificio todavía no era habitable, y Win llegó a un acuerdo con Farouk, el propietario: si el alquiler era lo bastante barato y Farouk prometía no subirlo más de un tres por ciento anual, Win viviría allí durante el prolongado proceso de renovación y se encargaría de la seguridad y la supervisión.

Ahora su presencia policial es suficiente. No tiene que supervisar nada y Farouk le permite aparcar su Hummer H2 (incautado a un traficante y obtenido en una subasta a precio de ganga), su Harley-Davidson Road King (recuperada por impago y apenas usada) y su coche de policía sin marcas en una pequeña zona asfaltada en la parte de atrás. Ninguno de los demás inquilinos dispone de aparcamiento, y tienen que pelearse por una plaza en la calle estrecha, a merced de abolladuras, golpes y arañazos.

Win abre con la llave la puerta trasera y sube tres tramos de escaleras hasta un pasillo flanqueado por apartamentos que antaño fueron aulas. Él vive al fondo del pasillo, en el número 31. Abre la robusta puerta de roble y entra en su enclave privado con paredes de ladrillo de las que aún cuelgan las pizarras originales, suelos y revestimientos de abeto y techos abovedados. Su mobiliario es menos antiguo: un sofá de cuero pardo Ralph Lauren (de segunda mano), un sillón y una alfombra oriental (eBay), una mesita de centro de Thomas Moser (en exposición en una tienda, levemente dañada). Mira, aguza el oído, pone a trabajar todos sus sentidos. El aire parece estancado; el salón, solitario. Saca una linterna de un cajón, la enciende e ilumina en sentido oblicuo el suelo, los muebles, las ventanas, en busca de huellas de pies o dedos en el polvo o en las superficies brillantes. No tiene un sistema de alarma, apenas si puede permitirse el de casa de Nana. Da igual, dispone de su propio método para encargarse de los intrusos.

Va hasta el armario que hay cerca de la puerta principal, abre una caja de seguridad empotrada en la pared, saca su Smith & Wesson 357, del modelo 340, con percutor interno —o «sin percutor», para que no se enganche con la ropa—, y fabricada de una aleación de titanio y aluminio, tan ligera que parece un juguete. Se mete el arma en un bolsillo y va a la cocina, prepara una cafetera, echa un vistazo al correo que Farouk le ha dejado en la encimera, mayormente revistas, hojea *Forbes* mientras se hace el café, lee en diagonal un artículo sobre los coches más veloces, el nuevo Porsche 911, el nuevo Mercedes SLK55, el Maserati Spyder...

Se dirige a su dormitorio con paredes de obra vista, otra pizarra (para llevar la cuenta, les dice a algunas de las mujeres con las que sale, les guiña el ojo, es broma), se sienta en la cama, toma unos sorbos de café, pensando, nota los párpados pesados.


A Sykes se le pasa por la cabeza que debería haberse acordado de traer una botella de agua y algo para comer. Tiene la boca reseca y con sabor a polvo. Están descendiendo sus niveles de azúcar en la sangre.

En varias ocasiones se ha planteado aventurarse a subir de nuevo y pedir un poco de hospitalidad a la viuda del detective Jimmy Barber, pero cuando ha subido para preguntar si podía utilizar el cuarto de baño, la señora Barber, que en teoría estaba durmiendo, resulta que estaba sentada a la mesa de la cocina bebiendo vodka a palo seco con todo el aire antipático y desagradable de una mofeta.

—Adelante —dice. Borracha, vuelve la cabeza hacia el cuarto de baño que hay al final del pasillo y añade—: Después sigue con lo tuyo y déjame en paz de una puta vez. Estoy harta de todo esto, ya he cumplido con mi parte.

Sola y agotada en el sótano, Sykes sigue examinando las desconcertantes facturas telefónicas de Barber en un intento de dar con la razón que le llevó a cargar tantas llamadas a su teléfono particular. Cinco de ellas tienen el prefijo 919, todas las veces el mismo número. Sykes prueba suerte y le sale el servicio telefónico del Médico Forense del Estado de Carolina del Norte; una voz le pregunta si quiere dar parte de algún caso.

—No. Ay, lo siento —dice ella—. Debo de haberme equivocado de número —se disculpa, y cuelga.

Repara en que al menos una docena más de las llamadas que cargó Barber a su número particular en los días posteriores al asesinato de Vivian Finlay tienen el prefijo local 704. Prueba con ese número y le sale una grabación: el prefijo se ha cambiado por el 828. Vuelve a marcar.

—¿Dígame? —responde una soñolienta voz masculina.

Sykes mira el reloj. Son casi las siete de la mañana, así que dice:

—Lamento mucho molestarle tan temprano, pero ¿le importaría decirme cuánto tiempo hace que tiene este número de teléfono?

El tipo le cuelga. Seguramente no ha sido la mejor manera de abordarlo. Prueba de nuevo y dice sin más preámbulos:

—Le aseguro que no es ninguna broma, señor. Soy agente del Buró de Investigación de Tennessee y me he encontrado con este número en un caso que estoy investigando.

—Dios santo —dice él—. ¿Me está tomando el pelo?

—Nada de eso. Hablo muy en serio. Se trata de un caso que ocurrió hace veinte años.

—Dios santo —repite—. Debe de referirse a mi tía.

—¿Y su tía era...? —pregunta Sykes.

—Vivian Finlay. Este número era el suyo. Quiero decir que no llegamos a cambiarlo.

—Por lo que dice supongo que su tía tenía otra casa aparte de la de Knoxville.

—Así es, aquí en Flat Rock. Soy su sobrino.

Sykes le pregunta en tono sosegado:

—¿Recuerda a Jimmy Barber, el detective que se ocupó del caso de su tía?

Oye una voz de mujer en segundo término:

—¿George, quién es?

—No pasa nada, cariño —dice él, y a continuación a Sykes—: Es mi esposa, Kim. —Después otra vez a su esposa—: Sólo es un momento, cariño. —Luego a Sykes—: Sé que se empleó a fondo, probablemente demasiado a fondo. Se condujo como si fuera exclusivamente suyo, y en cierta manera no puedo evitar culparle por no haber llegado a ninguna parte. Ya sabe, lo convirtió en el caso de su carrera, no compartía la información, trabajaba en secreto. Seguro que ya está familiarizada con cosas así.

—Eso me temo.

—Por lo que recuerdo, parecía estar convencido de

que había encontrado alguna pista interesante, de que iba por el buen camino, aunque no quería decir qué camino era, y supongo que nadie más sabía cuál era. Probablemente ésa fue la razón de que nunca llegara a resolverse. Al menos yo siempre he estado convencido de ello.

Sykes piensa en las llamadas efectuadas desde el teléfono particular de Barber. Tal vez ésa sea la explicación. Se mostraba muy reservado, no quería que ninguna de las operadoras de radio ni de sus colegas investigadores se oliera la pista que estaba siguiendo. Quizá Barber pretendía resolver el caso por sí solo y no compartir la gloria. Sí, es un modo de proceder con el que está más que familiarizada.

—Cariño —George habla de nuevo con su esposa, a todas luces intentando tranquilizarla—. ¿Por qué no vas a preparar café? No pasa nada. —De nuevo a Sykes—. Kim fue quien peor lo encajó; quería a mi tía como a su propia madre. Es horrible que tenga que surgir todo esto. —Suspira una y otra vez.

Sykes sigue interrogándolo. Tenía poco más de cuarenta años cuando su tía fue asesinada, es hijo del único hermano de ésta, Edmund Finlay, y cuando Sykes intenta encontrar sentido a que George y su tía lleven el mismo apellido, él le explica que era muy obstinada, estaba orgullosa de su distinguido apellido y al casarse se había negado a renunciar a él. George es hijo único. Él y su esposa, Kim, tienen dos hijos adultos que viven en el Oeste, la pareja pasa todo su tiempo en Flat Rock, dejaron Tennessee para no volver poco después del asesinato; sencillamente no podían seguir allí, no podían enfrentarse a los recuerdos, sobre todo Kim, que prácticamente tuvo un colapso nervioso después de los hechos.

Sykes promete volver a ponerse en contacto con él o, más probablemente, que se pondrá en contacto con él un investigador llamado Winston Garano. George no parece alegrarse mucho cuando oye esa parte.

—Volver a hurgar en todo esto es terriblemente doloroso —le explica—. ¿Le importa si le pregunto por qué es necesario después de tantos años?

—Estamos comprobando una serie de cosas, señor. Agradezco su colaboración.

—Naturalmente. Si les puedo ayudar en algo...

«Preferiría comer barro que ayudar», piensa Sykes. Cuando se esfuma la ira y merma el rencor, a mucha gente ya le trae sin cuidado la justicia. Lo único que quieren es olvidar.

—Es una pena —masculla en el sótano oscuro y destartalado de Barber. «Tampoco es que yo me lo esté pasando en grande.»

Reflexiona, encaramada al cubo de plástico como la estatua esa de *El pensador*, y luego sigue examinando facturas, encuentra un recibo de MasterCard del mes de septiembre, saca lo que hay en el sobre y encuentra algo que le provoca un «error de disco», como ella lo denomina.

—¿Qué demonios...? —murmura para sí, con la vista fija en un documento con una cubierta en la que aparece sellado el número de caso de una autopsia y luego otro número de caso, éste con un número de expediente policial garabateado de cualquier manera a lápiz: KPD 893-85.

La página que hay debajo es el inventario redactado por un forense de los efectos personales de Vivian Finlay, y grapado a la misma hay una fotografía Polaroid de las partes mutiladas del cuerpo de un hombre, toda sucia y sangrienta: pies, brazos y piernas, trozos y pedazos, vísceras y una cabeza separada del tronco colocados sobre una mesa de autopsia de acero cubierta con una sábana verde. El número de caso escrito sobre una regla de nueve centímetros utilizada a modo de escala de referencia indica que la muerte ocurrió en Carolina del Norte en 1983.

Win se despierta con un sobresalto y por un instante no está seguro de dónde se encuentra. Cae en la cuenta de que ha dormido más de dos horas, todavía con la ropa de calle, tiene el cuello rígido y el café está frío en la mesilla.

Comprueba los mensajes telefónicos, saltándose los primeros que le ha dejado Sykes cuando estaba demasiado ocupado con Lamont como para ocuparse del caso Finlay. Sykes le ha dejado otro mensaje: le ha enviado unos expedientes por correo electrónico y necesita que les eche un vistazo de inmediato y la llame. Su ordenador ocupa pulcramente el centro de una mesa Stickley (adquirida en un mercadillo particular). Toma asiento, marca el teléfono de Sykes y la localiza por el móvil.

—¡Dios santo! —exclama ella, hiriendo su oído—. ¡Acabo de enterarme!

—Para el carro —responde él—. ¿Estás cerca de una línea telefónica?

Ella le facilita un número que Win reconoce como el de la Academia. Vuelve a llamarla.

—¡Dios bendito! —exclama Sykes—. Lo están difundiendo a los cuatro vientos. ¿Qué ha ocurrido, Win?

—Ya te lo contaré más tarde, Sykes.

—¿Te ves implicado en un tiroteo y me lo contarás más tarde? Lo mataste. Dios santo, y ella... ¿Cómo va a seguir adelante el asunto? ¿La fiscal...? Por aquí abajo nadie habla de otra cosa.

—¿Podemos cambiar de tema, Sykes?

—Lo que no acabo de entender es cómo acabaste en su casa y te metiste en todo el fregado. ¿Te invitó a tomar la penúltima copa o algo por el estilo?

No hace falta ser detective para adivinar sus celos. La bella y poderosa Lamont, más formidable si cabe porque Sykes nunca la ha conocido, y ahora se lo imagina salvándole la vida en plan heroico, probablemente piensa que Lamont ha contraído una deuda eterna de gratitud con él, que quiere dejar el trabajo, casarse, criar a sus hijos y lanzarse a una pira funeraria cuando muera Win.

—Dime qué tienes —le pide él—. ¿Has encontrado el expediente?

—Después de pasar la mitad de la noche en el puto sótano de Barber, he encontrado de todo menos eso.

Win bebe un sorbo de café frío, abre el correo electrónico, ve los archivos que le ha enviado y los convierte en documentos mientras ella habla a toda prisa, sin apenas tomar aliento, poniéndole al tanto de lo de las facturas de MasterCard y de teléfono, de la actitud reservada que probablemente adoptó Barber al considerar que el caso era de su exclusiva competencia, y de sus ansias de gloria, según le ha contado el sobrino de la señora Finlay. Luego llega a la parte de un tipo que tuvo un encontronazo con un tren en Charlotte dos años antes del asesinato de la señora Finlay.

—Alto ahí, no tan aprisa —la interrumpe Win mientras examina un documento en la pantalla—. ¿Qué tiene que ver lo de la muerte bajo las ruedas del tren con todo lo demás?

—Eso dímelo tú. ¿Tienes la fotografía delante?

—La estoy mirando ahora mismo. —Win analiza la foto en la pantalla, no es de muy buena calidad, una Polaroid de extremidades cercenadas de cualquier manera, intestinos y pedazos de carne amontonados junto a un torso mutilado y una cabeza separada del tronco, con lo que parece grasa negra y tierra por todas partes. Un tipo blanco, de pelo moreno, bastante joven, por lo que alcanza a ver Win—. ¿Lo has contrastado con la oficina del forense?

—Vaya, no sabía que el caso fuera mío.

Suena el móvil de Win, que, en lugar de responder, lo acalla con gesto de impaciencia.

—Eh —le dice a Sykes—. Me parece que estás cabreada conmigo.

—No estoy cabreada contigo —replica Sykes, furiosa.

—Me alegro, porque ya tengo un montón de gente cabreada conmigo y no me hace falta que te sumes a la lista.

—¿Como quién?

—Ella, para empezar.

—¿Quieres decir que después de lo que hiciste...?

—Exacto. Ya he intentado decírtelo. Está al límite, es una sociópata, una especie de Bonnie sin Clyde; de hecho, no necesita a ningún Clyde, se cree que todos los demás somos Clyde. Lo cierto es que odia a los Clyde.

—¿Me estás diciendo que a Lamont no le gustan los hombres?

—No estoy seguro de que le guste nadie.

—Bueno, estaría bien que me dieras las gracias. —Sykes intenta mostrarse enfurruñada—. He pasado despierta toda la noche buscándote información, tengo que asistir a clase en cinco minutos y ¿sabes dónde estoy? En la puta sala de ordenadores enviándote archivos, intentando localizar a gente por teléfono y recibiendo insultos. Voy a echar un vistazo al caso más tarde, durante un vuelo a Raleigh, la oficina del forense en Chapel Hill.

—¿Quién te ha insultado? —Win sonríe. Cuando Sykes se sulfura, parece una cría.

—Algún maldito poli de Charlotte. ¿Y quién va a reembolsarme el dinero del billete de avión, por cierto?

—No te preocupes, yo me encargaré de todo —asegura él, desplazando hacia abajo otro documento, información salida del sótano del detective Barber, perplejo ante un inventario elaborado por el forense de efectos personales encontrados en un cadáver en el depósito—. ¿Qué tenía que decirte el «maldito poli de Charlotte» que se encargó de la víctima del tren?

«Unas bragas de tenis arrugadas con bolsillo para pelotas», va leyendo el inventario.

«Una falda de tenis blanca Izod y camiseta a juego, ensangrentadas...»

Vuelve a sonar el móvil, pero él no hace el menor caso.

—Vaya soplapollas. —Sykes sigue descargando bilis a placer—. Ahora es el jefe de policía; ya sabes lo que se suele decir sobre lo que acaba saliendo a flote.

Enfoca con el zoom un número escrito a lápiz en la esquina superior derecha del informe de efectos personales.

«KPD893-85.»

—¿Sykes?

—... Me ha dicho que si quiero copias de los informes tengo que presentar una solicitud por escrito, que a estas alturas probablemente estarán microfilmados, y ha añadido que no entendía a qué venía tanto interés, que no tuvo mayor importancia...

—¿Sykes? Informe KPD893-85. Vivian Finlay, ¿llevaba ropa de tenis cuando fue asesinada?

—Que se lo digan a él, el tipo hecho pedazos por el puto tren de mercancías. «No tuvo mayor importancia...»

—¡Sykes! ¿Este inventario es de los efectos personales de Vivian Finlay cuando llegó al depósito de cadáveres?

—Esa parte también resulta extraña: es lo único que conseguí encontrar del expediente de su caso. ¿Dónde demonios está todo lo demás?

—Si esta ropa de tenis ensangrentada es lo que lleva veinte años en el almacén de pruebas de la policía de

Knoxville, ¿a qué le están haciendo análisis de ADN en California?

El informe de la autopsia que le ha enviado Lamont describe a una anciana diminuta de setenta y tres años.

—¿Estás segura de que este formulario de efectos personales corresponde a su caso?

—Desde luego lleva el número de su caso. He mirado todos los putos documentos en todas las putas cajas mientras esa viuda borracha suya con aspecto de foca peleona metía ruido en la cocina en la planta superior, daba fuertes pisotones de aquí para allá y se aseguraba de hacerme saber que no era bienvenida. No hay nada más.

Win vuelve a mirar el inventario de efectos personales y repara en algo que debería haber visto de inmediato.

—Su sobrino dice que hablará con nosotros encantado —le informa Sykes—. Bueno, tanto como «encantado» no, pero hablará.

—Talla diez —dice Win mientras alguien llama a la puerta—. La ropa de tenis es de la talla diez. Una mujer de metro y medio que pesa cuarenta y cinco kilos no viste la talla diez. ¡Qué pasa ahora! —rezonga al oír que llaman con más insistencia—. Te tengo que dejar —le dice a Sykes al tiempo que se levanta de la mesa y cruza la sala mientras continúan los golpes en la puerta.

Echa un vistazo por la mirilla, ve el rostro sonrojado y cariacontecido de Sammy y abre la puerta.

—Llevo una hora intentando localizarte, maldita sea —le suelta Sammy.

—¿Cómo has sabido que estaba aquí? —pregunta Win, confuso.

—Soy detective. El teléfono de tu casa no para de comunicar.

—¿Quién...?

—¿Tú qué crees? Tienes que venir conmigo ahora mismo. Te está esperando en el *Globe*.

—Ni hablar —dice Win.

8

Stuart Hamilton, el director editorial, mantiene un aire apropiado, sentado en su despacho con Lamont, un periodista veterano y un fotógrafo. El despacho tiene tabiques de cristal: todo el mundo en la sala de redacción es testigo de lo que sin duda será una entrevista sin precedentes, tal vez la noticia más importante para la ciudad desde que los Red Sox ganaron las Series Mundiales.

Todo el mundo, y debe de haber un centenar de personas al otro lado del cristal, puede ver a la formidable fiscal de distrito, la renombrada Monique Lamont, con un chándal oscuro, agotada, sin maquillar, sentada en un sofá, y a su jefe supremo, Hamilton, escuchándola y asintiendo con cara de circunstancias. Periodistas, secretarias y editores procuran disimular sus miradas, pero Lamont sabe que la están observando, que están hablando de ella, que envían correos electrónicos de una mesa a otra. Es justo lo que quiere. La entrevista saldrá en primera página, con un titular bien grande en la parte superior. Surcará el ciberespacio e irá a parar a periódicos y páginas de noticias de internet del mundo entero. Se hablará de ella en televisión y en la radio.

Crawley puede irse al infierno.

—Porque no tengo otra opción —está diciendo Lamont desde el sofá; se ha quitado los zapatos y tiene las piernas dobladas debajo del cuerpo, como si estuviera tomándose un café con unos viejos amigos—. Se lo debo a las mujeres que son víctimas en todas partes... —Hace una breve pausa y se corrige—: A los hombres, mujeres y niños que son víctimas en todas partes.

«Cuidado. No des a entender que la violencia sexual es un problema exclusivo de las mujeres. No te refieras a ti misma como víctima.»

—Si vamos a acabar con el estigma de la violencia sexual, de la pedofilia, la violación, y no son sólo las mujeres quienes sufren violaciones —continúa—, entonces debemos ser francos al respecto y hablar de ello en el contexto de la violencia y no sencillamente en el contexto del sexo.

—Así que, en esencia, lo «desexualiza» al mismo tiempo que lo desmitifica —puntualiza el periodista, Pascal Plasser no sé cuántos; Lamont nunca acierta con su nombre.

La última vez que la entrevistó, se mostró razonablemente veraz, y no especialmente brillante, razón por la que lo ha requerido a él cuando se ha presentado en el periódico sin previo aviso, ha llamado a Hamilton y le ha dicho que, si le garantizaba la cobertura que se merece una exclusiva de semejante magnitud, hablaría abiertamente de lo que acababa de ocurrir.

—No, Pascal —responde ella—. Eso no es lo que estoy haciendo en absoluto.

Se pregunta dónde está Win y su ira se dispara al tiempo que el miedo se le asienta a plomo en el estómago.

—No tengo manera de desexualizar lo que me ha ocurrido —aclara—. Ha sido un crimen sexual, un acto de violencia sexual que podría haberme costado el precio definitivo: mi vida.

—Es de una valentía increíble que hagas esto, Monique —la felicita Hamilton con aire de solemnidad, de pesar, como si fuera el director de una maldita funeraria—. Pero me veo en la obligación de decirte que algunos de tus detractores lo interpretarán como una estratagema política. El gobernador Crawley, por ejemplo...

—¿Una estratagema? —Se incorpora en el sofá y sostiene la mirada a Hamilton—. Alguien me apunta con un arma a la cabeza, me ata, me viola con la intención de asesinarme y quemar mi casa, ¿y eso es una estratagema?

—Lo que estás diciendo se podría interpretar como...

—Stuart —responde ella, y su presencia de ánimo, su dominio sobre sí misma, son admirables—. Espero que haya quien sugiera algo semejante. Les desafío a que lo hagan. Les reto.

Lamont no entiende cómo puede estar tan serena, y a una parte de sí misma le aterra que no sea normal estar tan tranquila, que tal vez se trate de la calma chicha antes de una horrible tormenta, el momento de cordura antes de la camisa de fuerza o el suicidio.

—¿Por qué dice que lo espera? —pregunta Pascal como se llame, que toma notas a toda prisa y pasa una página.

—Cualquiera —responde en tono amenazador—, cualquiera que diga o sugiera algo semejante no hará más que dejar al descubierto su auténtico carácter. Muy bien, que lo intente.

—¿Que lo intente? ¿Quién?

—Quien sea.

Mira por el cristal e inspecciona la extensión de espacio delimitado con mamparas, a los periodistas en sus cubículos, roedores que se alimentan de la basura y las tragedias ajenas. Busca a Win con la mirada con la esperanza de que su imponente, su formidable presencia domine de súbito la redacción caminando hacia ella a paso decidido, pero no hay ni rastro de él, y sus esperanzas empiezan a desvanecerse, sustituidas por el odio.

Ha desobedecido su orden, la ha degradado, la ha ninguneado, demostrando de paso su desdén misógino.

—Tu nueva iniciativa contra el crimen, publicada de hecho en este mismo periódico esta mañana, de «cualquier crimen en cualquier momento» —pregunta Hamilton—, ¿qué puedes decir al respecto ahora?

—Y esa nueva iniciativa destinada a resolver un caso antiguo, «En peligro»... Lo del asesinato en Tennessee, ¿pasará ahora a un segundo plano?

Win no aparece. Se la va a cargar por esto.

—No podría estar más motivada y decidida a que se haga justicia en cualquier crimen violento, por mucho tiempo que haga que se cometió —asegura Lamont—. De hecho, he asignado al investigador Garano a «En peligro» a tiempo completo mientras está de permiso de la jefatura del condado de Middlesex.

—¿De permiso? De manera que se ha planteado la cuestión de si el tiroteo que desembocó en la muerte de Baptista fue justificado, ¿no es así? —De pronto Pascal se muestra alerta, más alerta de lo que ha estado durante toda su valiente y dolorosa entrevista.

—Cada vez que hay un incidente con desenlace fatal, sean cuales sean las circunstancias aparentes —responde Lamont, que hace hincapié en la palabra «aparente»—, debemos investigar dicho incidente hasta sus últimas consecuencias.

—¿Está insinuando que podría haberse hecho un uso de la fuerza excesivo?

—No puedo comentar nada más al respecto —contesta ella.


Win siente una cierta culpabilidad al entrar en el laboratorio criminalista de la Policía del Estado con su sobre sellado, a sabiendas de que no está bien saltarse casos atrasados y protocolos cuando quiere que se analice alguna prueba de inmediato.

De lo que no se siente culpable en absoluto es de no haberse presentado en el *Globe* para apoyar las implacables aspiraciones políticas de Lamont, para tomar parte en un comportamiento que resulta inapropiado, escandaloso y, en su opinión, autodestructivo. Sammy dice que ya se habla de sus «exclusivas revelaciones» en el ciberespacio, en la tele y la radio, poniendo a todo el mundo los dientes largos para que lean su salaz y lastimera entrevista. Win ha llegado a la conclusión de que se comporta de manera imprudente e irracional, y eso no es nada bueno cuando se trata de tu jefa.

El moderno edificio de obra vista, con su pesada puerta principal de acero, constituye un refugio para Win, un lugar al que acudir cuando quiere desahogarse con el capitán Jessie Huber, hablar de casos, quejarse, hacer confidencias, pedir consejo y tal vez un par de favores. Win atraviesa el vestíbulo de bloques de vidrio de tonos verdes y azules, enfila un largo pasillo y entra por la puerta abierta que tan conocida le resulta para encontrar a su amigo y mentor, pulcro como siempre con un traje oscuro de aire conservador y un pañuelo de seda gris, al teléfono como es su costumbre. Huber es alto y delgado, calvo como una luna llena, y las mujeres lo encuentran atractivo, tal vez porque es formidable y sabe escuchar. Hace tres años era el investigador de rango superior en la unidad de Win, y acabaron por ponerlo al mando del laboratorio.

Al ver a Win cuelga el auricular, se levanta de un salto, exclama «¡Maldita sea, muchacho!» y lo abraza como suelen abrazarse los hombres, con más palmadas en la espalda que otra cosa.

—¡Siéntate, siéntate! No me lo puedo creer. Dime qué diablos está ocurriendo. —Cierra la puerta y acerca una silla—. Te envié a Tennessee, el mejor centro de preparación forense del puto planeta, justo lo que te va. Y luego, ¿qué? ¿Qué demonios haces otra vez aquí, y en qué demonios te has metido?

—¿Me enviaste tú? —Win, perplejo, toma asiento—. Creía que fue Lamont. Creía que fue una de sus geniales ideas enviarme a la Academia, quizá para así tenerme a mano de cara a un caso «popular», como lo considera ella, que nos hiciera quedar bien a «los de la gran ciudad» aquí en el Norte.

Huber hace una pausa, como si estuviera sopesando lo que va a decir a continuación, y luego:

—Acabas de matar a alguien, Win. Vamos a dejar la política a un lado.

—Maté a alguien por culpa de la política. Es la política la razón de que me ordenaran regresar aquí para cenar con ella, Jessie.

—Lo entiendo.

—Me alegra que alguien lo entienda.

—Estás furioso.

—Me están utilizando. No tengo nada con qué trabajar. Ni siquiera puedo encontrar el puto expediente del caso.

—Me da la impresión de que tú y yo tenemos la misma opinión con respecto al lío ese de «En peligro» en el que nos ha metido Lamont —comenta Huber.

—Yo creía que era una iniciativa del gobernador, que ella no era más que la jugadora estrella del equipo. Así es como me explicaron...

—Sí y no —le interrumpe Huber al tiempo que se inclina hacia delante en su silla y baja el tono de voz—. Esto es obra de Lamont de principio a fin. Es ella quien lo fraguó, se lo sugirió a Crawley y lo convenció de que contribuiría al bien común y le haría quedar en buen lugar. Es posible que ella sea la jugadora más valiosa, pero el propietario del equipo es él, ¿verdad? No resulta difícil convencer a un gobernador, especialmente a Crawley, de algo así: ya sabes el poco contacto que pueden llegar a tener con la realidad los gobernadores cuando se trata de minucias. ¿Qué quieres decir con que no puedes encontrar el expediente del caso?

—Pues precisamente lo que he dicho. El expediente policial del caso Finlay ha desaparecido.

Huber tuerce el gesto, pone los ojos en blanco y masculla:

—Dios santo, no creerás que Lamont hizo que se lo enviaran a su despacho, ¿verdad? —Descuelga el auricular, marca, mira a Win y añade—: Antes de meterte en todo esto, ¿eh?

—Ella dice... —empieza a responder Win.

—Eh —saluda Huber a la persona que responde a la llamada—. Tengo a Win Garano aquí conmigo. ¿Has llegado a ver el expediente del caso Finlay? —Hace una pausa, mira a Win y dice—: No me extraña. Gracias. —Cuelga.

—¿Qué? —indaga Win; una sensación de inquietud se está apoderando de él.

—Toby dice que lo recibió hace semanas y lo dejó encima de la mesa de Lamont.

—Ella me aseguró que jamás lo vio y que la policía de Knoxville tampoco sabe nada. ¿Por qué no me pasas el número de teléfono de Toby?

¿Acaso mintió Lamont? ¿Perdió el expediente? ¿Alguien se lo llevó antes de que ella llegara a verlo?

—La política, muchacho —dice Huber—. Tal vez en su aspecto más sucio —agrega con una mirada siniestra. Anota un número de teléfono y se lo entrega—. En cuanto Lamont me habló de «En peligro», hizo hincapié en que no tendría que haber convencido a Crawley de que pusiera en marcha el asunto y en que debía intentar persuadirlo de que diera marcha atrás. «Cualquier crimen en cualquier momento.» Dios bendito. ¿Qué es esto? ¿Vamos a empezar a hacer análisis de ADN en todos y cada uno de los crímenes violentos sin resolver desde el diluvio universal? Mientras tanto, tenemos en espera unos quinientos casos, casos reales con gente de verdad que sigue cometiendo violaciones y asesinatos.

—No sé si entiendo por qué me enviaste a Knoxville. —Win no puede seguir, se nota tembloroso, un tanto aturdido.

—Me pareció que te estaba haciendo un favor. Es un lugar estupendo y quedará de maravilla en tu currículo.

—Ya sé que siempre has velado por mí..., pero parece toda una coincidencia el que yo estuviera allá en el Sur justo cuando...

—Mira, es una coincidencia hasta cierto punto —lo interrumpe Huber—. Lamont estaba decidida a reabrir un caso antiguo que no fuera de su jurisdicción. Resulta que te encontrabas en Tennessee, Win, y resulta que eras el investigador al que ella quería encargar el caso.

—¿Y si no hubiera estado en Tennessee?

—Habría encontrado algún otro caso antiguo en alguna otra ciudad apartada y probablemente se las habría ingeniado para endosártelo. Ya sabes, los ilustrados de Nueva Inglaterra al rescate —añade en tono sarcástico—. Envía a las tropas yanquis de la tierra de Harvard y el Instituto de Tecnología de Massachusetts. También es fácil de enterrar, ¿verdad? Si las cosas no van tan bien como cabía esperar en una pintoresca ciudad sureña, a la larga, tal vez antes de que lleguen las elecciones, todo el mundo en el Norte se olvida de ello. Resultaría mucho más difícil echar tierra sobre un antiguo homicidio cometido en Massachusetts, ¿verdad?

—Probablemente.

Huber se retrepa en la silla y añade:

—Tengo entendido que allí en la Academia eres la estrella.

Win no contesta, absorto como está en sus pensamientos. Un sudor frío recorre su cuerpo.

—Se trata de tu futuro, Win. No creo que quieras trabajar para ella el resto de tu vida o andar de aquí para allá a todas horas, día y noche, ocupándote de asesinatos entre rateros en los que un cabronazo se ha cargado a otro. Por no hablar del dinero. Desde luego yo me harté del asunto. Formación, la mejor, hay que prepararse. Tienes un talento de la hostia. Creo que me sustituirás como director del laboratorio cuando me jubile, y no sabes las ganas que tengo. Todo depende de quién corte el bacalao, de quién sea el gobernador. —Adopta una expresión sagaz—. ¿Me sigues?

Win no le está siguiendo mucho. Permanece en silencio. Huber le da un pálpito; un pálpito que no había sentido nunca.

—¿Confías en mí?

—Siempre he confiado —responde Win.

—¿Confías en mí ahora? —insiste Huber, muy serio.

Win no quiere entrar en eso, y dice:

—Confío en ti lo suficiente como para pasar contigo el día libre que me han concedido por razones de salud mental, Jessie. Así hacemos las cosas aquí, en el país de las maravillas, cuando matamos a alguien en acto de servicio. ¿Qué te parece?

—Yo ya no estoy en la unidad de control del estrés, amigo mío. Eso ya lo sabes.

—Da igual. Y eso ya lo sabes. Declaro este encuentro una sesión oficial de asistencia psicológica con el asesor experto de mi elección. Si alguien pregunta, yo ya he cumplido con mi día de salud mental. Anda, pregúntame cómo me siento.

—Dímelo.

—Lamento que tuviera que llegar al extremo de matar a un hombre —dice Win mecánicamente—. Estoy destrozado, no puedo dormir. Hice todo lo que estaba en mi mano para detenerlo, pero no me dejó opción. Es una tragedia. No era más que un crío, tal vez podría haberse rehabilitado y haber aportado algo positivo a la sociedad.

Huber se le queda mirando un momento prolongado y luego dice:

—Voy a vomitar.

—Pues muy bien. Me alegro de que no matara a Lamont; ni a mí. Me enfurece que ese pedazo de cabrón le hiciera lo que le hizo, y lo que me hizo a mí. Me alegro de que haya muerto y no pueda demandarme. ¿Te importa si tomo prestada a Rake un rato? —Win levanta el sobre, que tiene el reverso sellado con la cinta adhesiva amarilla que se utiliza para las pruebas iniciadas por él mismo—. Tal vez pruebe con una carta su cajita mágica de detección electrostática o ese *software* tan estupendo para realzar la imagen. Lo que me recuerda, ¿hay alguna huella en el dinero, en los mil dólares en el bolsillo de Baptista?

—Ya las he pasado por la base de datos de identificación de huellas. Nada. —Huber se levanta, rodea su mesa y se sienta en su silla giratoria.

—¿Tienes alguna idea al respecto? —pregunta entonces Win—. ¿Un robo que se desmadró o algo por el estilo?

Huber vacila y luego dice:

—¿Enemigos? La lista es larga, Win. Creo que a estas alturas ya ves la aterradora verdad por ti mismo, y yo en tu lugar tendría cuidado con lo que le dices a Lamont, con lo que le preguntas, mucho, mucho cuidado. Es una pena. Una pena, maldita sea, porque ¿sabes una cosa? No era así cuando empezó, era una auténtica rompepelotas, echó el guante a un montón de chusma, se ganó mi respeto. Por así decirlo, la palabra «ética» ya no figura en su elegante vocabulario.

—Creía que erais colegas. Ahora mismo le está haciendo un favorcillo a tu hijo.

—Claro, colegas. —Huber esboza una sonrisa triste—. En este mundillo nunca hay que dejar que la gente sepa lo que piensas de ella. Desde luego Lamont no tiene la menor idea de lo que Toby piensa de ella en realidad.

—O tú.

—Es una incompetente y culpa a todo y a todos, incluido Toby. ¿En confianza? Que quede entre tú y yo, Jerónimo: se está viniendo abajo —asegura Huber—. Es muy triste.

## 9

El patólogo forense que llevó a cabo la autopsia del atropello ferroviario murió una semana después, durante una tarde de domingo dedicada al paracaidismo acrobático cuando su paracaídas no se abrió.

Si Sykes no tuviera el expediente del caso original delante de ella, probablemente no se lo creería. «Esto me da mala espina», piensa con inquietud. De pequeña, le encantaba la arqueología. Era uno de los pocos temas que le interesaban, tal vez porque no lo enseñaban en la escuela. Perdió interés cuando leyó acerca de la tumba del rey Tut, acerca de maldiciones y gente que moría misteriosamente.

—Hace veinte años, la muerte de la señora Finlay —le está diciendo a Win por teléfono—. Dos años antes una muerte bajo las ruedas del tren, luego la muerte del forense. Esto me está dando mala espina.

—Lo más probable es que sea una coincidencia —dice él.

—Entonces, ¿por qué estaba esta foto grapada al inventario de efectos personales de la señora Finlay?

—Quizá no deberíamos hablar de esto ahora mismo —responde Win, a quien no le gustan los teléfonos móviles ni los considera un modo seguro de mantener una conversación en secreto.

Sykes está sola en el pequeño despacho del depósito de cadáveres, en el piso once de un alto edificio de color beis que se alza detrás de los hospitales de la facultad de Medicina de la UNC, en Chapel Hill. Se siente desconcertada, porque parece que cuanto más ahonda en la muerte violenta de Vivian Finlay, más misteriosa se torna ésta. En primer lugar, el expediente del caso ha desaparecido, a excepción de un inventario de la ropa que supuestamente llevaba la víctima en el momento de ser asesinada, prendas de tenis de una talla que no se corresponde con la suya. En segundo lugar, la muerte bajo las ruedas del tren podría estar relacionada, de alguna manera, con su caso, y ahora el forense y su accidente de paracaidismo.

—Sólo unas cosillas —añade Win—. Reduce los detalles al mínimo. ¿Cómo?

—El paracaídas no se abrió.

—Pues deberían haber hecho una autopsia del paracaídas —dice en tono de broma.

—¿Por qué no te lo envío por correo electrónico? —propone Sykes—. ¿Por qué no lo lees tú mismo? ¿Cuándo vas a venir por aquí?

Se siente muy aislada, abandonada. Él está allí en el Norte con la fiscal de distrito, los dos han salido en los titulares. Por lo que a Sykes respecta, Win se vio implicado en un tiroteo y debería largarse de la ciudad e ir al Sur para ayudarla. El caso le pertenece. Bueno, ya no es ésa la sensación que tiene, pero lo cierto es que el caso es de Win. Como era de esperar, tras los últimos y sensacionales acontecimientos, el asesinato de una anciana ocurrido hace veinte años no tiene la menor importancia para nadie.

—En cuanto pueda —es cuanto Win tiene que decir al respecto.

—Ya sé que allí te enfrentas a graves problemas —responde ella tan razonablemente como puede—, pero este caso es tuyo, Win. Y si no regreso a la Academia, el Buró se me echará encima.

—Ocurra lo que ocurra, ya lo solucionaré —asegura él.

Siempre promete lo mismo, y hasta la fecha no ha solucionado nada de nada. Sykes se pasa el día hablando con él, no estudia ni sale con otros alumnos para charlar de lo que han aprendido ese día en clase, luego va quedándose rezagada y no entiende plenamente la tecnología forense y las técnicas de investigación más novedosas, ni hace amigos. Se queja y él le dice: «No te preocupes. Me tienes a mí y soy un tutor estupendo.» Ella le dice que tal vez no debería entregarse hasta tal punto a un hombre lo bastante joven como para ser su hijo, y él responde que la edad le trae sin cuidado, y luego presta atención a alguna mujer más joven o se obsesiona con esa fiscal, Lamont, que es inteligente y hermosa, aunque, bueno, quizás a estas alturas sea mercancía dañada. No está bien pensar así, pero muchos hombres no quieren a una mujer que ha sido violada.

Sykes estudia el caso del forense. Se llamaba doctor Hurt.* Resultaría gracioso si no fuera tan triste. Se precipitó desde unos mil quinientos metros de altura, lee Sykes, sufrió un traumatismo masivo en la cabeza, parte de su cerebro se desprendió, los fémures se le incrustaron en las caderas, unas cuantas cosas resultaron aplastadas y fracturadas, otras reventadas. La única mención del paracaídas es una breve descripción de un agente de policía que acudió al lugar de los hechos. Dejó constancia de que al parecer el paracaídas no se encontraba en buenas condiciones. Los testigos aseguraron que lo había preparado el propio doctor Hurt. Se planteó la posibilidad de que se tratara de un suicidio.

Colegas y familiares reconocieron que el doctor tenía importantes deudas y se estaba divorciando, pero aseguraron que no estaba deprimido ni tenía un comportamiento extraño; de hecho, parecía bastante animado. Sykes ya ha oído ese cuento chino: nadie se dio cuenta de nada. Adivina por qué. Si reconocen que había aunque sólo fuera una levísima razón para preocuparse, podrían sentirse culpables de haber estado tan absortos en su propia vida que no se tomaron ni un instante para preocuparse por otra persona. Levanta la mirada cuando alguien llama con los nudillos y la puerta se abre. Entra la forense, una mujer de aspecto demacrado y ratonil que debe de andar por los cincuenta y tantos, con gafas de abuelita, una amplia bata de laboratorio y un estetoscopio al cuello.

—Eso sí que tiene gracia —comenta Sykes con la mi-

* Literalmente, «daño», «dolor». (N. del T.)

rada fija en el estetoscopio—. ¿Se asegura de que todo el mundo está muerto antes de empezar a cortar y serrar?

La jefa forense sonríe y dice:

—Mi secretaria me ha pedido que le echara un vistazo a sus pulmones. Tiene bronquitis. Sólo quería asegurarme de que usted no necesita nada.

Es algo más que eso.

—Supongo que usted no estaba por aquí cuando murió el doctor Hurt —indaga Sykes.

—Lo sucedí en el puesto. ¿De qué va esto, exactamente? ¿A qué viene tanto interés? —La mujer mira de soslayo los dos expedientes que hay sobre la mesa.

Sykes no piensa explicárselo, y dice:

—Varias muertes en apariencia sin relación podrían tener algo en común. Ya sabe cómo va eso, hay que comprobarlo todo.

—Creo que está bastante claro que fue un suicidio. ¿Por qué está involucrado el Buró de Investigación de Tennessee?

—No está involucrado, exactamente.

—Entonces, ¿no trabaja usted en el caso? —le interrumpe.

—Estoy ayudando. El caso no es mío. —Como si Sykes necesitase que se lo recordaran una vez más—. Como he dicho, sólo estoy comprobando unas cosillas.

—Bueno, ya lo veo. Supongo que no pasa nada. Estoy en el depósito si me necesita —dice la forense, y cierra la puerta a su espalda.

«Supongo que no pasa nada.» Como si Sykes fuese una cría.

Entonces le viene a la cabeza el doctor Hurt, se pregunta por su estado de ánimo, su nivel de competencia profesional, hasta qué punto se esforzaba si estaba ansioso y deprimido y ya no creía que su vida tuviera ningún valor. Se imagina en una situación similar y está considerablemente segura de que pasaría por alto detalles importantes, que tal vez no se entregaría muy a fondo, que quizás incluso le traería sin cuidado. Lo tiene presente mientras lee el expediente de la muerte provocada por el tren, una muerte causada por mutilaciones terribles que tuvo lugar en un cruce de vías en una carretera rural de dos sentidos. Según testificó el maquinista del tren de mercancías, cuando aproximadamente a las ocho y cuarto de la mañana tomó una curva cerrada, vio al fallecido tumbado boca abajo sobre las vías y no pudo frenar a tiempo para evitar arrollarlo. La víctima se llamaba Marc Holland, un detective de la Policía de Asheville de treinta y nueve años.

Su viuda, Kimberly, declaró a la prensa que su marido había salido de su casa, en Asheville, a primera hora de la tarde anterior camino de Charlotte, donde debía encontrarse con alguien. Ella no sabía con quién, aunque «tenía relación con el trabajo». No estaba deprimido y no se le ocurría ninguna razón para que, presuntamente, se quitara la vida; estaba sumamente afectada y se mantenía firme en que no habría hecho nada semejante, sobre todo teniendo en cuenta que «acababa de ser ascendido y nos ilusionaba mucho tener un hijo».

La autopsia que realizaron a Mark Holland reveló una laceración en el cráneo y una fractura subyacente (vaya, qué curioso, ¿eh?) que «concordaba con una caída».

El doctor Hurt no sólo estaba deprimido, piensa Sykes, sino ido, como un zombi, hasta el punto de tragarse la sugerencia del poli de Charlotte de que Holland cruzaba la vía a pie, tal vez de camino a una cita secreta con un testigo, tropezó, cayó y perdió el conocimiento a consecuencia del golpe. El doctor Hurt firmó el informe del caso achacándolo a un accidente.

La científica forense Rachael —o «Rake», como la llama Win— deja la carta encima de una plancha metálica porosa denominada bandeja de vacío, aprieta un interruptor y en el recipiente se empieza a hacer el vacío.

Win ya la ha visto en alguna ocasión manejar el sistema de detección electrostática, y a veces han tenido suerte, como hace poco en un caso de secuestro en el que la nota del rescate había sido escrita en una hoja de papel que había estado debajo de otra en la que, a su vez, el secuestrador anotó previamente un número de teléfono que condujo a la policía hasta Papa John's Pizza, donde había hecho un pedido que pagó con tarjeta de crédito. Rake lleva guantes blancos de algodón; se mostró encantada cuando Win le dijo que no había tocado el sobre con las manos descubiertas. Cuando hayan terminado de buscar indicios de escritura marcada en el papel, la carta que dejó en el Café Diesel para Win el hombre del pañuelo rojo irá al laboratorio de huellas dactilares para ser procesada con ninhidrina o algún otro reactivo.

—¿Qué tal por Knoxville? —pregunta Rake, una morena bastante atractiva que empezó trabajando en el laboratorio del FBI en Quantico pero que después del 11 de septiembre y de la nueva legislación antiterrorista decidió que ya no quería seguir con los federales—. ¿Vas a empezar a hablar con ese típico acento sureño?

—Eso no es el norte de Georgia, ni está lleno de paletos tarados como en la peli esa de *Defensa*. En Knoxville no se llevan los duelos de banjo, sólo el naranja intenso por todas partes.

—¿Caza?

—Fútbol, Universidad de Tennessee.

Rake cubre la carta y la plancha con una fina lámina de plástico transparente que a Win le recuerda los plásticos para envolver de la marca Saran.

—¿Win? —dice ella sin levantar la vista—. Te parecerá manido, pero lamento lo que ocurrió.

—Gracias, Rake.

Pasa por la superficie lo que ella denomina una unidad de descarga Corona. Win siempre huele a ozono cuando lo hace, como si estuviera a punto de llover.

—Me trae sin cuidado lo que digan. Hiciste lo correcto —añade ella—. No entiendo que alguien pueda ponerlo en tela de juicio.

—No sabía que nadie lo pusiera en tela de juicio —responde él, presa de una de sus corazonadas.

Rake ladea la bandeja y vierte una cascada de diminutas cuentas revestidas de tóner sobre el documento recubierto con la fina lámina de plástico.

—Eso he oído en la radio mientras tomaba un café durante el descanso.

La carga electrostática hace que el tóner se precipite

hacia las marcas que no resultan aparentes a simple vista, las zonas del papel con desperfectos microscópicos provocados por la escritura a mano.

—Adelante, cuéntame —dice Win, que ya lo sabe.

—Sólo que Lamont ha dicho que estaban investigándote, dando a entender que tal vez no fue un tiroteo del todo limpio. Mañana pasarán un reportaje de los grandes y están anunciándolo con cuñas publicitarias. —Le mira y añade—: Vaya forma de mostrarse agradecida, ¿eh?

—De todos modos, es lo que me temía —dice él mientras aparecen imágenes latentes en un tono negro desleído, partes de palabras, confusas.

Rake, que no se muestra impresionada, señala algo en la carta de amenaza que el hombre del pañuelo rojo dejó para Win, y decide:

—Más vale que probemos con el realce tridimensional.


Toby Huber tiene frío, tanto que tiembla mientras está sentado en su balcón del Winnetu Inn en South Beach, Edgartown, fumándose un porro mientras contempla el océano y a la gente que pasea por la playa en pantalón largo y chaqueta.

—Estoy seguro de que ha desaparecido, lo que no sé es dónde, exactamente —dice por el móvil, irritado pero al mismo tiempo divertido—. Lo siento, tío, pero a estas alturas, ya no importa.

—No eres tú quien debe decidir eso. Intenta pensar, aunque sólo sea por una vez.

—Mira, ya te lo he dicho, ¿vale? Debió de ser cuando

lo metí todo en bolsas de basura, o algo así. Y me refiero a todo, incluida la comida que pudiera quedar en la nevera, la cerveza, cualquier cosa. Incluso me llevé la basura a unos ocho kilómetros de allí para tirarla en un contenedor detrás de... algún restaurante, no recuerdo cuál. Maldita sea, hace un frío que pela. He mirado una y otra vez y no está aquí. Tienes que tranquilizarte un poco, tío, antes de que te dé un infarto.

Llaman a la puerta de la suite individual, se abre la puerta y el ama de llaves se queda de una pieza al ver que Toby entra y la fulmina con la mirada.

—¿Qué es lo que no entiende de lo de «No molestar»? —le grita.

—Lo siento, señor. El cartelito no está en la puerta.

—Lárgate de inmediato. —Toby vuelve al balcón, da una calada al porro y casi grita por el auricular—: Me largo de aquí, ¿lo pillas? A donde haga calor. Esto es insoportablemente aburrido. Ya me has metido en bastantes líos, y más vale que merezca la pena.

—Aún no. Resultaría sospechoso que de repente tomaras un vuelo a Los Ángeles. Tienes que permanecer ahí unos días más. Hemos de asegurarnos de que no está en algún lugar donde puedan encontrarlo y causarnos un montón de problemas. ¡Piensa, Toby!

—Si está en alguna parte, tiene que seguir dentro del maldito apartamento. No lo sé... —De pronto Toby cree recordar algo. No está seguro de haber mirado debajo de la cama, así que lo menciona y añade—: Ya sabes, cuando lo estaba leyendo, es posible que lo metiera allí debajo. ¿Por qué no vas y echas un vistazo tú mismo, joder?

—Ya lo he hecho.

—¡Pues si andas tan rayado con todo el asunto, vete a mirar otra vez!

—¡Piensa! ¿Dónde lo tuviste por última vez? ¿Seguro que no lo dejaste en la oficina...?

—Ya te lo dije. Me lo llevé conmigo, lo sé con toda seguridad porque lo estuve leyendo.

—¡Yo no te dije que te lo llevaras para leerlo!

—Sí, ya me lo has repetido unas cien veces, así que podrías dejar de darme la vara con eso, ¿vale?

—Lo dejaste en el coche y te lo llevaste allí. Y luego, ¿qué? ¿Lo estuviste leyendo en la cama, para así poder ver las malditas fotos? ¡Estás como una cabra! ¡Dónde lo tuviste por última vez!

—Te he dicho que dejes de darme la vara como una vieja histérica. Tampoco es que pueda ir a mirar, ¿verdad? Pues haz lo que te venga en gana y busca hasta que te hartes. Tal vez se me haya pasado, ¿vale? Lo dejé en un montón de sitios mientras estaba allí: en un cajón, al lado de la cama, debajo de la almohada. En un momento dado lo metí en el cesto de la ropa sucia. O tal vez fuese en la secadora...

—Toby, ¿estás seguro de que no te lo llevaste a Vineyard?

—¡Cuántas veces me lo vas a preguntar! ¿Qué más da? ¿Qué pasa si ha desaparecido? De todas maneras, nada salió como estaba previsto.

—Bueno, no sabemos con seguridad que haya desaparecido, ¿verdad? Y eso supone un problema muy grave. Deberías haberlo dejado donde lo encontraran. Es lo último que tendrías que haber hecho antes de marcharte, pero no lo hiciste. Pasaste completamente de mis órdenes.

—De manera que probablemente acabó en la basura, ¿vale? Eso es lo que probablemente ocurrió cuando limpié todo. —Toby da otra calada al porro—. Bueno, tampoco es que no tuviera nada más en lo que pensar, ¿no? Y él venga insistir en lo del dinero; dijo que mejor se lo diera por adelantado, y le contesté que le daría la mitad, y entonces a ti te llevó una eternidad hacérmelo llegar...

—¿Cómo demonios he acabado mezclándome con alguien como tú?

Toby retiene el humo y luego lo expulsa:

—Porque tienes suerte; hasta el momento. Pero eso puede cambiar, ¿verdad?



Rake está perdida en un mundo informático de píxeles, valores de Z e histogramas, panorámica, zoom, rotación, manipulación de los ángulos de luz, reflejo de la superficie y realce del contorno mientras Win mira fijamente su enorme pantalla plana, contemplando formas sombrías magnificadas en tres dimensiones.

Empieza a ver una palabra, tal vez números.

—¿Una «e», una «r», minúsculas? —sugiere—. ¿Tres y noventa y seis?

Hay algo más. Conforme Rake sigue trabajando, las palabras y los números se materializan con un aspecto extraño, casi solapado.

—Quizás hubiera más de una nota que dejó marcas de escritura —aventura Win.

—Eso me parece a mí —coincide Rake—. Podrían ser marcas de distintas anotaciones en diferentes páginas del mismo cuaderno. Ya sabes, escribes algo, luego pasas página, escribes otra cosa y la presión del boli o el lápiz contra el papel es lo bastante fuerte como para dejar una imagen marcada varias páginas más abajo.

Ella sigue trabajando y alcanzan a dilucidar lo que pueden: frases como «exclusividad de mercado a tres años», «de acuerdo» y, parcialmente superpuesto, lo que parece una anotación distinta en otra hoja. Se lee «8,96 dólares» y «a partir de una previsión anterior de 6,11 dólares», o algo muy similar.

# 10

Monique Lamont está sentada en una cocina ultra-moderna en Mount Vernon Street, Beacon Hill, una de las zonas más caras y codiciadas de Boston. Se está tomando su primer martini del día en una copa que ha sacado del congelador.

Viste vaqueros y una camiseta holgada. El chándal que llevaba antes está en el contenedor, detrás de la urbanización de ladrillo visto del siglo XIX, donde el apartamento estaba perfectamente escondido y a salvo hasta esta mañana, cuando Sammy ha revelado la ubicación a las tropas, haciendo hincapié en que la policía patrulle el área e insistiendo en que no puede quedarse en su casa de Cambridge. Le resulta sencillamente imposible. Siempre verá esa puerta trasera, la caja para la llave de reserva, la lata de gasolina. Siempre lo verá en su dormitorio, el arma apuntándole a la cabeza mientras él hacía lo que le venía en gana, mientras la recreaba para que se ajustara a su propia imagen: una criaturilla inmunda, nada, nadie.

—Ojalá lo hubiera matado yo misma —dice.

Huber está sentado a la mesa, delante de ella, tomándose su segunda cerveza. Le está costando trabajo no apartar la vista, su mirada interrumpida como si los músculos de sus ojos sufrieran una repentina parálisis.

—Tienes que superarlo, Monique. Ya sé que resulta fácil decirlo, pero no ves las cosas con claridad, sería imposible en estas circunstancias.

—Cállate, Jessie. Si alguna vez te ocurre a ti, te encontrarás aullando a la maldita luna. Entonces sabrás lo que es identificarse con el prójimo.

—¿De qué te sirve arruinar todo lo demás en tu vida? No deberías haberles hablado de este lugar.

—¿Y qué iba a hacer? ¿Rechazar la protección policial cuando no sé quién está detrás de lo que ocurrió, quién le instó a hacerlo?

—No sabes a ciencia cierta que hubiera nadie más.

—¿Propones que vaya a un hotel? ¿Para entrar en el vestíbulo y encontrarme a los periodistas en manada esperando para hacerme trizas?

—Eres tú la que ha acudido a los medios —le recuerda él en tono pesimista, con esa expresión tan suya, fría y calculadora, en los ojos—. Ahora tienes que convertir toda esa porquería en auténtico caviar.

Utiliza las peores metáforas y comparaciones que Lamont haya oído en su vida.

—¿Por qué se lo permitiste? —dice la fiscal—. Podrías haberle dicho que andaban liados en el laboratorio de documentos, que no estaba Rachael, que estaba ocupada, cualquier cosa. Ha sido una enorme estupidez, Jessie.

—Win siempre ha tenido acceso privilegiado al Club del Laboratorio Criminalista. Es listo de cuidado. Si hubiera empezado a ponerle excusas, se habría olido de inmediato algo raro. Confía en mí como en un padre.

—Entonces no es tan listo como crees —señala ella, y vacía la copa de martini para a continuación comerse la aceituna.

—Y tú eres una esnob de Harvard. —Huber se levanta, abre la nevera, saca una botella de Grey Goose, una copa helada y le prepara otro martini, aunque olvida añadirle la aceituna.

Lamont se queda mirando el martini que Jessie deja encima de la mesa y lo sigue mirando el tiempo suficiente para que él se acuerde de la aceituna.

—¿Sabes qué coeficiente intelectual tiene? —dice Huber con la cabeza medio metida en la nevera—. Más alto que el tuyo y el mío juntos.

Ella vuelve a proyectar esa película implacable en la que Win la ve, le tiende su chaqueta y le dice que respire hondo. Lo ve viéndola desnuda, indefensa y humillada.

—Sencillamente es incapaz de aprobar un examen —continúa Huber mientras abre otra cerveza—. Acabó la secundaria con un expediente impecable, el mejor alumno de su promoción, votado como quien más posibilidades tenía de alcanzar el éxito, votado como el más atractivo, el mejor en todo salvo por un pequeño detalle. La cagó en los exámenes de acceso a la universidad. Luego, después de los estudios superiores, la cagó en las pruebas de acceso a un posgrado y en los exámenes de acceso a la Facultad de Derecho. Es incapaz de pasar los exámenes. Le ocurre algo en esas situaciones.

Win no se presentó en el *Globe*. La ha desafiado. Luego de verla ha dejado de respetarla...

—Tengo entendido que hay gente así. —Huber vuelve a tomar asiento—. Son brillantes, pero incapaces de hacer exámenes.

—No estoy interesada en sus problemas de aprendizaje —dice Lamont—. ¿Qué encontró exactamente en el laboratorio? —El vodka ha hecho que la lengua se le vuelva menos ágil y sus pensamientos vacilantes—. ¿O qué cree que encontró?

—Probablemente no sabe lo que significa. De todas maneras, no puede probar nada.

—¡Eso no es lo que he preguntado!

—Notas de una conversación por teléfono con mi corredor de bolsa.

—Dios santo.

—No te preocupes. No encontrarán huellas dactilares ni nada que me vincule con esa carta. Si de algo sé es de ciencia forense. —Huber sonríe—. Probablemente Win piense que eres tú. Si a eso vamos, probablemente sospeche que estás detrás de todo. Es posible que crea que fue Roy quien lo llamó «mestizo». —Se echa a reír—. Eso sí que le cabreó.

—Otra de tus arriesgadas e impulsivas decisiones.

No se lo preguntó a ella, sencillamente lo hizo. Después se lo contó porque cuanto más sepa ella más implicada estará; ésa ha sido su estrategia desde el principio.

—Tuvo exactamente el efecto que predije. —Huber

toma un trago de cerveza—. Lo amenazas, lo insultas, intentas asustarle para que abandone un caso y él no hace más que apresarlo más fuerte entre sus mandíbulas igual que un pit bull.

Ella guarda silencio, toma el martini a sorbos, se siente atrapada.

—No era necesario —dice—. Es un pit bull de todas maneras.

—Es culpa tuya por empeñarte en hablar con él en persona en lugar de hacerlo por teléfono. Deberías haberlo dejado allí, en Knoxville. —Huber hace una pausa; tiene el rostro crispado—. Igual resulta que te gusta. Eso es lo que parece.

—Vete al infierno, Jessie.

—Claro que fue una bendición que estuviera aquí. La divina providencia, tu ángel de la guarda, una recompensa por seguir el camino recto, como quieras decirlo —continúa él, indiferente, sin el menor tacto—. Así que Win se cabreó y fue a verte. Resulta que mi pequeña estratagema nos hizo un gran favor a todos. Sigues viva, Monique.

—Pareces decepcionado.

—Monique...

—No bromeo. —Ella le sostiene la mirada, ni se inmuta, cae en la cuenta de que ha llegado a odiarlo, a desearle la muerte. Tras una pausa añade—: No quiero que vuelva Toby. No sirve para nada. Ya me he hartado de ese favor. Ya me he hartado de hacer favores.

—De todas maneras, no soporta trabajar para ti.

—Me tienes harta, Jessie. Desde hace mucho tiempo.

—El vodka la está desinhibiendo. Ya se puede ir al carajo—. Te dije que no pienso seguir con este asunto. Lo digo en serio, joder. No merece la pena.

—Claro que sí. Has conseguido lo que querías, Monique. Lo que te mereces —asegura, y no cabe la menor duda de a qué se refiere.

Ella se le queda mirando, estupefacta.

—¿Lo que me merezco?

Él le sostiene la mirada.

—¿Me merezco eso? —dice Lamont—. ¡Estás diciendo que me merezco eso! ¡Hijo de puta!

—Me refería a que has trabajado duro y te mereces algo a cambio. —Esta vez él no desplaza la mirada de aquí para allá, sino que la mantiene fija en ella, aunque con expresión neutra.

Lamont se echa a llorar.


Ya ha oscurecido; hay luna nueva.

Win abre la puerta del lado del conductor del viejo Buick de Nana, detenido otra vez en medio de la carretera, y vuelve a ver a *Miss Perra* callejeando sin rumbo, con el brillo de los faros del coche en sus ojos ancianos y ciegos.

—Hasta aquí hemos llegado. Ya está bien —dice Win, furioso—. Ven aquí, guapa —intenta engatusarla entre silbidos—. ¿Qué haces de nuevo en la calle, eh? ¿Ha olvidado cerrar la puerta? ¿Te ha dejado salir y esa culo gordo es tan vaga que no ha ido a ver si habías regresado? ¿Te ha vuelto a echar el tarado de su yerno?

*Miss Perra* mete el rabo entre las patas, agacha la cabeza y pega la barriga al suelo como si hubiera hecho alguna trastada. Win la recoge con delicadeza y sigue hablando, se pregunta si puede oírle siquiera, la mete en el coche, arranca y le dice adónde van y qué va a pasar a continuación. Tal vez lo oye, tal vez no, pero lame la mano. Aparca detrás de la casa de Nana —los móviles se mecen tenuemente en la noche serena, el aire fresco apenas se mueve, las campanillas tintinean con suavidad como si revelaran secretos— y abre la puerta de atrás con *Miss Perra* apoyada en el hombro igual que un saco de patatas peludo.

—¿Nana?

Sigue el sonido de la televisión.

—¿Nana? Tenemos alguien nuevo en la familia.


Sykes lleva más de una hora al teléfono, pasando de un veterano a otro. Veintitrés años es una eternidad. Hasta el momento, en el Departamento de Policía de Asheville nadie recuerda al detective Mark Holland.

Marca otro número mientras conduce hacia el oeste en dirección a Knoxville. Los faros que se acercan en dirección contraria la confunden y le recuerdan la mala pasada que es envejecer. Ya no ve una mierda, no puede leer un menú sin recurrir a las gafas y su visión nocturna es horrenda. «Malditas líneas aéreas. Malditos retrasos y cancelaciones.» El único coche de alquiler que quedaba, un cuatro cilindros, tiene la potencia de una foca.

—Intento localizar al detective Jones —le dice al hombre que contesta a la llamada.

—Hace tiempo que no me llamaban así —comenta la voz en tono agradable—. ¿Quién es usted?

Sykes se presenta y dice:

—Según tengo entendido, usted era detective de la policía de Asheville en los años ochenta, y me preguntaba si tal vez recuerda a otro detective llamado Mark Holland.

—No muy bien, porque Holland sólo llevaba dos meses de detective cuando murió.

—¿Qué recuerda al respecto?

—Sólo que había ido a Charlotte supuestamente para hablar con un testigo en un caso de robo. Si quiere saber mi opinión, no fue ningún accidente. Creo que sencillamente no quería quitarse la vida en un lugar donde alguno de nosotros tuviera que ocuparse de su caso.

—¿Tiene idea de por qué podría haber querido quitarse la vida?

—Por lo que oí, su mujer lo engañaba.

Nana está dormida en el sofá con su larga bata negra, su largo cabello blanco suelto y derramado sobre el cojín, Clint Eastwood en la tele, alegrándole el día a alguien con su imponente pistolón.

Win deja en el suelo a *Miss Perra* y ella apoya de inmediato la cabeza en el regazo de Nana. Los animales siempre reaccionan así con ella. Su abuela abre los ojos, mira a Win y le tiende las manos.

—Cariño. —Le besa la mejilla.

—Otra vez tenías desconectada la alarma. Así que no

me dejas otra opción que darte un perro guardián. Ésta es *Miss Perra*.

—Bienvenida, amiga mía. —Nana la acaricia y le tira suavemente de las orejas—. No te preocupes, *Miss Perra*, aquí ésa no te encontrará. Vaya bruja, la veo con toda claridad, le vendría bien algún que otro diente, ¿verdad? —Sigue acariciando al animal—. No te preocupes, pequeña. —Hace una pausa y añade en tono de indignación—: Tengo mis métodos para encargarme de gente como ella.

Si quieres provocar la ira de Nana, maltrata a un animal, incítala a emprender una de sus misteriosas misiones a altas horas de la noche para lanzar 999 peniques al jardín de una mala persona como pago a Hécate, antigua diosa de la magia y los hechizos, que sabe cómo encargarse de la gente cruel.

*Miss Perra* no tarda en dormirse en el regazo de Nana.

—Le duelen las caderas —dice—. Artritis, problemas en las encías, dolor. Está deprimida. Esa mujerona desdichada le grita mucho, no es buena persona, la trata tal como se trata a sí misma. Es terrible; pobrecilla. —La sigue acariciando mientras ronca—. Ya me he enterado de todo —añade mirando a Win—. Lo cuentan una y otra vez en la tele, pero no te preocupes. —Le coge la mano—. ¿Recuerdas aquella vez que tu padre dio una paliza a aquel hombre que vivía tres calles más allá? —Señala—. No tenía otra opción.

Win no sabe a ciencia cierta de qué está hablando, lo que no es nada nuevo. Su mundo no resulta siempre evidente ni lógico.

—Tú tenías cuatro años y el hijo de ese hombre, que tenía ocho, te tiró al suelo y empezó a darte patadas, lanzándote insultos terribles, lanzando a tu padre insultos terribles, insultos racistas, y, claro, cuando tu padre se enteró, fue a su casa y se armó la gorda.

—¿Empezó papá?

—Tu padre no empezó, pero lo acabó. A veces ocurre. Y no te preocupes. Si regresas y echas un vistazo, encontrarás un cuchillo.

—No, Nana. Fue una pistola.

—Hay un cuchillo —insiste ella— Ya sabes, de ésos con una empuñadora que tiene como una cosa. —Lo dibuja en el aire. Tal vez se refiere a un cuchillo con guarda, como un puñal—. Ve a mirar. El que mataste, y no debes culparte por ello, era muy malo, pero hay otro. Es peor; malvado. Esta mañana le he puesto miel a una magdalena. Tennessee es un lugar puro con mucha gente buena; la política no es necesariamente buena, pero la gente sí. A las abejas les trae sin cuidado la política, así que les gusta aquello, son felices haciendo su miel.

Win ríe y se pone en pie.

—Creo que emprenderé un viaje a Carolina del Norte, Nana.

—Aún no. Tienes asuntos pendientes aquí.

—¿Harás el favor de conectar la alarma antirrobos?

—Ya tengo mis móviles de campanillas, y a *Miss Perra* —dice—. Esta noche la luna está alineada con Venus; ha entrado en Escorpio. Abundan los malentendidos, cariño mío. Tus impresiones están cubiertas por un velo, pero todo eso está a punto de cambiar. Vuelve a casa de esa mujer y encontrarás lo que te digo y algo más. —Desvía la mirada hacia la lejanía y añade—: ¿Por qué veo una habitación pequeña con vigas en el techo? ¿Y una escalera estrecha, tal vez de madera contrachapada?

—Probablemente porque aún no has tenido ocasión de limpiar el desván —comenta él.

# 11

A la mañana siguiente Sykes y Tom, el director de la AFN, avanzan acuclillados entre la hierba recogiendo casquillos.

En el campo de tiro del Departamento de Policía de Knoxville nadie se libra de limpiar los restos que haya dejado, y se espera de todo el mundo que esté a la altura del privilegio que supone asistir a la Academia. Lo de la asistencia a clase se da por sentado. Sykes anda falta de sueño y deprimida mientras mira a sus compañeros en torno a ella, quince hombres y mujeres con pantalones militares azules, polos y gorras que van dejando armas y munición en un carrito de golf tras concluir la sesión de las ocho en punto dedicada a analizar trayectorias y expulsión de casquillos, marcar pruebas con diminutas banderolas anaranjadas y tomar fotografías como hacen en los escenarios del crimen.

Sykes se siente humillada, desanimada, está convencida de que los demás alumnos la rehúyen y no le tienen el menor respeto. A sus ojos, es una investigadora forense de tres al cuarto de las que sólo aparecen cuando hay algo divertido como disparar el AK-47, la Glock, el fusil antidisturbios del calibre 12 para hacer saltar por los aires lo que ella llama «dianas de cabronazos feos», sus preferidas, porque es mucho más grato hacer pedazos a un matón de papel que la apunta con una pistola que disparar contra un blanco sin más. Hace tintinear varios casquillos de latón al introducirlos en el cubo de plástico que comparten ella y Tom; el aire es húmedo y denso, las Smoky Mountains* calinosas en lontananza, haciendo honor a su nombre.

—Hasta el momento no está dejando en buen lugar a la Policía de Knoxville. —Intenta explicarse mientras el sudor le entra en los ojos.

—Ayer la clase fue sobre fuerza bruta y heridas tipo —dice Tom, que hace tintinear otro casquillo.

—Es curioso —comenta ella mientras aparta la hierba y recoge más casquillos—. Eso es lo que la mató: la fuerza bruta. Y tenía heridas que siguen las pautas regulares. Win dice que le abrieron agujeros en el cráneo, como si alguien la hubiera atacado con un martillo, quizás. Así que estoy aprendiendo al respecto de todas maneras, por mucho que me saltara la clase.

—Te has saltado muertes por sobredosis, síndrome de muerte súbita del lactante y maltrato infantil —dice Tom, avanzando por entre la hierba al tiempo que echa más casquillos al cubo.

—Ya sabes que me pondré al día. —Sykes no está muy segura de que consiga hacerlo, y Win no se encuentra allí para ayudarla.

* Literalmente, «montañas humeantes». (N del T.)

—No te queda otro remedio. —Tom se pone en pie y endereza la espalda. Parece serio, quizá más de lo que está en realidad.

No es el tipo duro que finge ser. Eso ya lo sabe Sykes, que lo ha visto con sus hijos.

—¿A qué te refieres con eso de la policía, exactamente? —se interesa él entonces.

Ella le cuenta lo del sótano de Jimmy Barber, lo de un expediente que no debería haberse llevado a casa y ahora no aparece por ninguna parte, le relata lo que se le está antojando una investigación increíblemente descuidada e inepta de un asesinato increíblemente atroz. Se muestra un tanto dramática, rotunda, con la esperanza de que entienda la importancia de lo que está haciendo en vez de centrarse en lo que no está haciendo.

—No quiero dejar a nadie en mal lugar —continúa—. ¿Y si me desentiendo de todo esto y me largo? ¿Y si Win y yo nos desentendemos?

—No lo excuses. Puede responder él solo, si es que volvemos a verlo. Y el caso es suyo, Sykes. Se lo encargó su departamento.

Es posible que el caso sea suyo, pero no es ésa la sensación que tiene. Según parece, es ella quien está haciendo todo el trabajo.

—Y la policía de Knoxville no va a quedar en mal lugar. Hace mucho tiempo de aquello, Sykes. La policía ha cambiado drásticamente en los últimos veinte años. Por aquel entonces lo único que tenían eran técnicos de identificación, nada parecido a esto. —Mira a sus alumnos que hay en torno a ellos.

—Bueno, no creo que pueda darle la espalda al asunto y abandonarlo —dice ella.

—Los alumnos de nuestra Academia no dan la espalda y abandonan nada —dice Tom, casi con ternura—. A ver qué te parece. Mañana toca heridas de bala. Trabajaremos con un par de muñecos de gelatina de balística.

—Diablos. —A ella le encanta disparar contra hombres de gelatina, como los suele llamar, más incluso que contra las dianas que representan odiosos cabronazos.

—No es tan crucial como otras cosas, podría hacer la vista gorda, sacar un rato más adelante para ponerte al día. Pero toda la semana que viene toca análisis de patrones de manchas de sangre. Eso no te lo puedes perder.

Sykes se quita la gorra de color azul oscuro, se enjuga el sudor de la frente y mira a los demás estudiantes, que se van hacia las instalaciones de acceso al campo de tiro, hacia las camionetas, hacia su futuro.

—Te doy hasta el lunes —dice.


—Nada —anuncia Win mientras desciende haciendo crujir las escaleras de madera, recordando lo estruendosas que le parecieron apenas unos días atrás de madrugada, cuando cambió su vida entera.

—Ya te lo decía. Nos condujimos como buenos detectives y echamos un vistazo después de los hechos —comenta Sammy desde una butaca orejera cerca de la chimenea, que está cubierta con una pantalla de vidrio de colores—. Ninguna otra zona de la casa se vio implicada. Encaja con lo que dijo Lamont. Se acercó a ella por detrás, la obligó a ir al dormitorio, y eso fue todo, gracias a ti.

—Por desgracia, eso no fue todo. —Win mira alrededor.

La obsesión de Lamont con el vidrio no termina en su despacho. Win nunca había visto nada parecido. Todas las lámparas son de la misma clase que la que hizo añicos en su dormitorio, una exótica media luna suspendida de una cadena de hierro forjado, pintada a mano de colores llamativos, con la firma Ulla Darni, inimaginablemente cara. La mesa del comedor es de vidrio, y hay cuencos y figuritas de cristal, espejos y jarrones de cristal de artesanía por todas partes.

—Ya sabes lo que quiero decir. —Sammy se levanta lentamente y suspira como si estuviera demasiado cansado para moverse—. Joder, tío, qué bien me vendría una espalda nueva. ¿Estás satisfecho? ¿Podemos irnos ya?

—Tiene garaje —le recuerda Win.

—Ya he echado un vistazo. Nada.

—Yo no he mirado.

—Como quieras —claudica Sammy, que se encoge de hombros y sale por la puerta con él.

A finales del siglo XIX eran unas dependencias destinadas a albergar los carruajes, de ladrillo visto, con tejado de pizarra, ahora un tanto maltrecho y medio oculto tras las ramas bajas de un viejo roble. Sammy encuentra la llave de la puerta lateral y ve que la cerradura está rota, forzada.

—No estaba así cuando vine yo. —Sammy desenfunda el arma con gesto cauto. Win ya ha sacado la suya.

Sammy abre de un empujón la puerta, que golpea

contra el quicio, y baja la pistola para devolverla a su funda. Win baja su 357 y permanece apenas cruzado el umbral, mirando a su alrededor. Repara en las manchas de aceite en el cemento, en rodadas sucias de llanta, lo que cabría esperar dentro de un garaje. Colgadas de clavijas se ven las típicas herramientas de patio y jardín, y en una esquina hay un cortacésped, una carretilla y un bidón de plástico de gasolina de cinco litros medio lleno.

—No parece que la lata de gasolina saliera de aquí —comenta Sammy.

—Ni se me pasó por la cabeza que así fuera —responde Win—. Si tienes planeado incendiar un sitio, por lo general te traes tus propios aceleradores.

—A menos que sea un trabajo desde dentro, en plan situación doméstica. He visto un buen número de casos así.

—No se trata de nada parecido. Desde luego, Roger Baptista no era una situación doméstica —asegura Win, mirando una cuerda que cuelga de una viga del techo al descubierto, una escalera desplegable.

—¿Ya has mirado? —indaga Win.

Sammy levanta la mirada hacia donde la tiene fija éste y dice:

—No.


Las ventanas de la imponente casa de estilo Tudor centellean al sol mientras el río Tennessee, de color azul intenso, traza una elegante curva. Sykes sale de su viejo VW Rabbit e imagina que tiene todo el aspecto de una inofensiva corredora de fincas de mediana edad con traje de chaqueta.

El empresario a quien pertenece la casa donde fue asesinada Vivian Finlay no está. Sykes ya lo ha comprobado y se pregunta si alguien se habrá molestado en comentarle que veinte años atrás en su lujosa casa mataron a golpes a una anciana de setenta y tres años. Si se lo dijeron, al parecer no le importó. Lo cual tiene mérito. Sykes sería incapaz de vivir en una casa donde alguien hubiera sido asesinado; ni regalada. Empieza a caminar alrededor de la casa preguntándose cómo entraría el asesino de la señora Finlay.

A los lados de la puerta principal hay gran número de ventanas, pero son pequeñas, y resulta difícil imaginar a alguien trepando por una ventana en medio de un vecindario así a plena luz del día. Otra puerta cerca de la parte de atrás parece dar al sótano, y luego, orientada al río, hay otra puerta, y por las ventanas que flanquean la misma se ve una hermosa cocina moderna con electrodomésticos de acero inoxidable y azulejos y granito por todas partes.

Sykes se detiene en el jardín trasero para contemplar las flores y los frondosos árboles, el murete hecho de piedras de río, y luego el muelle y el agua. Ve pasar rugiendo una estruendosa lancha motora con un esquiador acrobático y llama a un número que ha guardado en la memoria de su móvil cuando iba de camino hacia allí, tras una clase en la Academia que bien podría ser la última a la que asista.

—Club de Campo Sequoyah Hills —responde una amable voz.

—Con la oficina, por favor —pide Sykes, y cuando le pasan la llamada, dice—: ¿Missy? Hola, soy la agente especial Delma Sykes otra vez.

—Bueno, puedo decirle lo siguiente —le explica Missy—: Vivian Finlay fue socia desde abril de 1972 hasta octubre de 1985...

—¿Octubre? Murió en agosto —la interrumpe Sykes.

—Probablemente fue en octubre cuando la familia encontró un momento para darla de baja. Estas cosas suelen demorarse, ya sabe, la gente ni siquiera piensa en ello.

Sykes se siente estúpida. ¿Qué sabe ella de clubes de campo o cuotas de socios?

—Era socia de pleno derecho —le explica Missy—, lo que significa que tenía acceso a las instalaciones de tenis y de golf.

—¿Qué más hay en ese expediente? —pregunta Sykes mientras se sienta en el murete; ojalá tuviera oportunidad de contemplar el agua sin entrar ilegalmente en propiedad privada o irse de vacaciones. Debe de ser la leche tener tanto dinero como para permitirte un río.

—¿Cómo dice?

—Me refiero a antiguas facturas pormenorizadas que pudieran contener algún detalle acerca de lo que compraba o hacía, tal vez. Por ejemplo, si alguna vez compró prendas de tenis en la tienda del club.

—No nos deshacemos de esa clase de documentos, pero no estarían aquí en la oficina. Disponemos de un almacén...

—Necesito sus viejas facturas, todas hasta el ochenta y cinco.

—Dios bendito, veinte años para hurgar. Eso podría llevar... —Suelta un profundo suspiro de consternación.

—Ya echaré una mano —se ofrece Sykes.

La planta superior del garaje de Lamont ha sido reconvertida en una habitación para invitados que no parece haber sido utilizada salvo por las marcas dejadas al caminar sobre la moqueta de color marrón oscuro. Win repara en que las huellas son de pies bastante grandes y que las hay de dos clases diferentes.

Las paredes están pintadas de beis y hay varios grabados con firma: veleros, paisajes marítimos. Hay también una cama individual con colcha marrón, una mesilla, un pequeño tocador, una silla giratoria y una mesa sobre la que no se ve nada excepto un secante de escritorio, una lámpara de vidrio verde y un abrecartas con forma de puñal. Los muebles son de arce. Un cuartito de baño con un combinado de lavadora y secadora, sumamente ordenado y limpio, con aspecto de no haber sido utilizado en absoluto salvo, claro está, por las marcas de huellas que hay en la moqueta.

—¿Qué has encontrado ahí arriba? —grita Sammy, al pie de la escalera desplegable de madera contrachapada—. ¿Quieres que suba?

—No hace falta, y además no hay sitio —responde Win, mirando por la abertura la coronilla entrecana de Sammy—. No parece que nadie se haya alojado o haya estado trabajando aquí recientemente. O, en caso contrario, se mudaron y limpiaron a fondo. Lo que sí está claro es que alguien, quizá más de una persona, ha estado caminando por aquí.

Win saca un par de guantes de látex de su bolsillo, se los pone y empieza a abrir cajones, todos los que hay. Se coloca de rodillas y puños, mira bajo el tocador, mira bajo la cama, algo le está diciendo que debe mirar por todas partes, aunque no sabe en busca de qué o por qué razón más allá de que, si alguien ha estado en el apartamento, a todas luces después de que lo limpiaran y pasaran el aspirador por última vez, ¿a qué se debió? Y ¿quién forzó la cerradura de la planta baja? ¿Vino alguien después de que Lamont estuviera a punto de ser asesinada? Y de ser así, ¿qué buscaba esa persona? Abre un armario ropero, abre armarios bajo el fregadero y el lavabo en la pequeña cocina y el cuarto de baño, se planta en medio de la sala y mira un poco más hasta que le llama la atención el horno. Va hasta allí y abre la puerta.

En la bandeja inferior hay un grueso sobre de color ocre con la dirección escrita a mano de la oficina de la fiscal de distrito y un remite de Knoxville; lleva un montón de sellos pegados de cualquier manera, torcidos, un franqueo superior al necesario.

—Dios santo —murmura.

El sobre ha sido abierto con un objeto afilado, y Win mira el abrecartas que hay encima de la mesa, el que le recuerda a un puñal. Saca un grueso expediente policial sujeto con gomas elásticas.

—¡Joder! —exclama.

Se oyen los pasos de Sammy en la escalera desplegable.

—El caso. Lo ha tenido aquí todo el tiempo —responde Win, y de pronto no está tan seguro—. O alguien lo ha tenido aquí.

—¿Cómo? —Sammy asoma la cabeza con expresión de desconcierto.

—El expediente del caso Finlay.

Sammy se sujeta a un pasamanos de cuerda pero no continúa subiendo sino que repite:

—¿Cómo?

Win levanta el expediente y dice:

—Lo ha tenido aquí durante tres meses, joder. Desde antes de que yo fuera a la Academia, desde antes de que me comentase siquiera que iba a ir. Maldita sea.

—Eso no tiene sentido. Si la Policía de Knoxville se lo envió, ¿qué razones podía tener para no mencionártelo cuando empezaste a buscarlo?

—No lleva nombre. —Win vuelve a leer la etiqueta—. Sólo una dirección que no me suena. El matasellos es del 10 de junio. El código postal, el 37921, el del área de Western Avenue-Middlebrook Pike... Espera.

Llama a Sykes, obtiene respuesta y nota que se tranquiliza como suele ocurrirle cuando todo empieza a desenmarañarse.

—Parece ser que la foca peleona de su esposa hurgó en el sótano mucho antes que tú —le comenta Win a Sykes—. Envió el expediente de Finlay aquí, donde ha estado escondido dentro de un horno.

—¿Qué? ¡Esa zorra me mintió!

—Eso depende. ¿Le dijiste exactamente qué estabas buscando? —pregunta Win.

Silencio.

—¿Sykes? ¿Sigues ahí? ¿Se lo dijiste?

—Bueno, no exactamente —reconoce ella.


A las dos y media, aparca el viejo Buick de Nana detrás de su casa. Los móviles de campanillas resultan visibles a la luz del día, sus largos tubos huecos oscilan bajo los árboles y de los aleros, ofreciendo un aspecto bastante menos mágico que por la noche.

Hay otro coche —un viejo Miata rojo— aparcado cerca de la canasta de baloncesto, casi entre los arbustos. Win necesita un teléfono fijo y en esos momentos su apartamento no se le antoja una buena idea. Tiene una corazonada al respecto y ha decidido hacerle caso, porque no sería descabellado pensar que los polis o alguien aficionado a forzar cerraduras podrían estar patrullando su vecindario. Llama con los nudillos a la puerta trasera y a continuación entra en la cocina, donde Nana está sentada frente a una joven con cara de aflicción que corta en tres la baraja de cartas del tarot. Nana ha preparado té caliente, una especialidad de la casa, con canela en rama y rajitas recién cortadas de piel de limón. Win observa que en la encimera hay un tarro de miel de Tennessee, y junto a él una cuchara.

—Adivina qué hemos probado, cariño —le dice Nana al tiempo que coge una carta—. Tu miel especial hecha por abejas felices. Ésta es Suzy. Nos estamos ocupando de ese marido suyo que cree que lo de la orden de alejamiento no va con él.

—¿Lo han detenido? —pregunta Win dirigiéndose a

Suzy, de unos veintitantos, con aspecto delicado y la cara hinchada de llorar.

—Mi chico es detective —dice con orgullo Nana, que toma un sorbo de té en el momento en que se oye un repiqueteo de uñas y aparece *Miss Perra*.

Win se sienta en el suelo, empieza a acariciarla y ella se echa para que le rasque la barriga. Mientras, Suzy dice:

—En dos ocasiones, y no sirvió de nada. Matt paga su propia fianza, se presenta como anoche en casa de mi madre, escondido detrás del seto, y se me planta delante cuando me estoy bajando del coche. Acabará matándome. Lo sé. La gente no lo entiende.

—Eso ya lo veremos —le advierte Nana.

Win le pregunta dónde vive su madre mientras repara en que *Miss Perra* tiene mucho mejor aspecto. Sus ojos ciegos parecen rebosantes de luz, incluso da la impresión de que sonríe.

—Calle abajo —le responde Suzy con un deje de interrogación en la voz—. Ya deberías saberlo. —Mira a *Miss Perra*.

Él cae en la cuenta: la madre de Suzy es la dueña del animal.

—*Miss Perra* no va a irse a ninguna parte —dice, y no hay más que hablar.

—A mí me trae sin cuidado, no pienso decir una palabra. Mi madre se porta fatal con ella, y Matt, peor. Llevo tiempo diciéndole lo mismo que tú, que algún día la va a pillar un coche.

—*Miss Perra* está de maravilla —asegura Nana—. Ayer durmió en mi cama con los dos gatos.

—Así que tu madre no te protege de Matt. —Win se pone en pie.

—No puede hacer nada. Matt pasa con el coche por delante de su casa cada vez que le viene en gana, y si le apetece, entra. Ella no hace nada.

Win se marcha a la sala para llamar por teléfono. Se sienta entre las piezas de cristal y el desorden místico de su abuela y pregunta por el doctor Reid, un experto en genética que trabaja en el laboratorio de análisis de ADN de California encargado de analizar las prendas ensangrentadas del caso Finlay. Le informan de que el doctor Reid está en una reunión, que estará libre en media hora aproximadamente. Win sale de la casa y echa a andar camino de la antigua morada de *Miss Perra*. Ha visto alguna vez a Matt, está casi seguro, un tipo pequeño, gordo, con un montón de tatuajes y todo el aspecto de ser el típico matón.

Suena su móvil; es Sykes.

—No me molestes. Estoy a punto de meterme en una pelea —le advierte Win.

—Entonces me daré prisa.

—¿Qué pasa, hoy no tienes sentido del humor?

—Bueno, no quería decírtelo, pero si tú y yo no volvemos a clase para el lunes, nos van a expulsar de la Academia.

Supondría una mayor decepción para ella que para él. La Policía del Estado de Massachusetts tiene sus propios investigadores forenses, no necesita a Win sobre el terreno recogiendo las pruebas en persona, y ahora mismo a él le importa un carajo llegar a director del laboratorio criminalista o a cualquier otra cosa. Cree que quizás ha perdido el entusiasmo porque sospecha que la única razón de que lo enviaran a cursar estudios al sur era tenderle una trampa para que se ocupara del caso Finlay y ponerlo al servicio de unos objetivos egoístas, políticos, y, hasta el momento, desconocidos. Y ya no está seguro de quién anda detrás de qué.

—¿Win? —dice Sykes.

Ya tiene la casa a la vista, aproximadamente una manzana más allá, hacia la izquierda, y hay una furgoneta Chevy en el sendero de entrada.

—No te preocupes —dice Win—. Ya me encargaré de eso.

—¡No puedes encargarte de eso! Voy a meterme en tal lío con el Buró que probablemente me expulsen. ¡Ojalá dejaras de decir que te encargarás de arreglar asuntos que no puedes arreglar, Win!

—Ya te he dicho que me encargaré de ello —insiste él, acelerando el paso al ver que Matt, ese fracasado estúpido y desvergonzado, sale de la parte de atrás de la casa camino de la furgoneta...

—Tengo que decirte otra cosa —añade Sykes con desánimo—. Me he puesto en contacto con la colgada de la señora Barber. Estaba otra vez como una cuba, por cierto. Y tenías razón.

—¿Y bien? —Win echa a trotar.

—Envió el caso a la fiscalía hace unos dos meses. Dice que un tipo, que parecía joven y bastante maleducado, le llamó y le dio instrucciones. No me lo mencionó porque no se lo pregunté. Dice que le llama mucha gente por cosas así. Lo siento.

—Tengo que dejarte —dice Win sin dejar de correr.

Coge la puerta de la furgoneta cuando está a punto de cerrarse y el matoncillo seboso le mira, primero pasmado y después enfurecido.

—¡Aparta las malditas manos de mi furgoneta!

Es mezquino, estúpido, apesta a cerveza y tabaco, le hiede tanto el aliento que Win alcanza a olerlo al abrir la puerta de par en par y plantarse entre ésta y el asiento del conductor. Mira a los ojos pequeños y crueles del inútil del marido de Suzy, que probablemente ha estado merodeando por allí, a la espera de que apareciera ella o, al menos, a la espera de que pasara en coche por delante de la casa y, al verlo, saliera espantada.

—¿Quién eres y qué quieres? —le pregunta Matt a grito pelado.

Win se le queda mirando, un truco que aprendió hace mucho tiempo en el patio del colegio, después de echar cuerpo, cuando se hartó de que se metieran con él. Cuanto más rato miras fijamente a alguien sin decir nada, más se acojona el otro, y los ojos de Matt dan la impresión de batirse en retirada igual que cangrejos escarbando en la arena para ocultarse. Ya no se muestra tan duro. Win permanece allí, bloqueando la puerta sin quitarle ojo.

—Estás loco, tío —dice Matt, que empieza a sentir pánico.

Silencio.

—Venga ya, no le estoy haciendo nada a nadie. —Matt escupe al hablar, está tan asustado que podría cagarse en los pantalones.

Silencio.

Entonces Win dice:

—Tengo entendido que te encanta patear a los perros y maltratar a tu mujer.

—¡Eso es mentira!

Silencio.

—¡El que lo haya dicho, miente! —insiste Matt.

Silencio.

Y entonces:

—Sólo quiero que recuerdes mi cara —le dice Win en voz muy queda, mirándolo fijamente sin el menor atisbo de emoción—. Si vuelves a molestar a Suzy otra vez, si vuelves a hacer daño a un animal otra vez, esta cara será la última que veas.

# 12

Win recibe la decepcionante noticia de que los análisis de ADN todavía no están listos. Explica que la situación es urgente y pregunta cuándo pueden concluir los análisis. Tal vez en un par de días. Pregunta exactamente qué información pueden ofrecer los resultados.

—Una historia genealógica —le explica el doctor Reid por teléfono—. Sobre la base de cuatro grupos de ascendencia biogeográfica: africano subsahariano, indoeuropeo, oriental o indígena americano, o una mezcla.

Win está sentado en la mecedora preferida de Nana junto a la ventana abierta y las campanillas emiten tañidos tenues y melodiosos.

—... Tecnología basada en Polimorfismos de Nucleótido Único —le está explicando el doctor Reid—. Es diferente de las exploraciones de ADN normales que conllevan el análisis de millones de pares base genéticos a la hora de buscar patrones, muchos de ellos sin la menor trascendencia. En esencia, lo que nos interesa son los aproximadamente dos mil marcadores de información sobre la ascendencia...

Win escucha al típico científico con la típica tenden- cia a dar más explicaciones de las necesarias, explayándo- se acerca de una versión beta de cierto aparato que es fia- ble en un 99,99 por ciento, acerca de cierta prueba que puede predecir el color del ojo humano a partir del ADN con un 95 por ciento de fiabilidad, acerca de la Facultad de Medicina de Harvard y un acuerdo al que ha llegado con ella el laboratorio de cara a desarrollar un fármaco para combatir la anemia...

—Alto ahí. —Win deja de mecerse—. ¿Qué tienen que ver los fármacos con esto?

—Farmacogenética. Cuando empezamos a elaborar perfiles de ascendencia, no era para resolver casos crimi- nales. El objetivo inicial era ayudar a las empresas farma- céuticas a determinar en qué medida se puede aplicar la genética al desarrollo de fármacos.

—¿Tienen algún chanchullo con la Facultad de Medi- cina de Harvard? —Win tiene una corazonada, una bien intensa.

—¿Quizás haya oído hablar del PROHEMOGEN? Es para el tratamiento de la anemia asociada con la insufi- ciencia renal, la quimioterapia en casos de cáncer, el VIH tratado con Zidovudina. Puede ayudar a reducir la nece- sidad de transfusiones de sangre.

Una brisa mece los árboles al otro lado de la ventana de Nana y los móviles parecen tañer con más fuerza.

—Doctor Reid —pregunta Win—, ¿le importa decir- me cuánto tiempo hace que le enviaron la muestra del ca- so Finlay?

—Creo que hace un par de meses.

—¿Tanto tiempo lleva?

—En teoría, entre cinco días y una semana, pero es cuestión de prioridades. Ahora mismo estamos llevando a cabo análisis de ADN en aproximadamente un centenar de casos criminales abiertos, varios relacionados con violadores reincidentes, asesinos en serie. Me dijeron que no había prisa.

—Lo entiendo. Hace veinte años. El tipo del que hablamos probablemente ya no está matando gente.

—No es un hombre. Lo primero que hacemos siempre es un análisis estándar de repeticiones cortas en tándem, lo que casualmente nos dice el género a partir de uno de esos marcadores. Ambas fuentes de ADN son de mujeres.

—¿Ambas? ¿A qué se refiere?

—Las muestras de áreas de la ropa en torno al cuello, en las axilas, la entrepierna, donde podrían hallarse células de sudor, piel desprendida, nos dan el perfil de una mujer que tiene un perfil de ADN distinto del de las manchas de sangre, que siempre se ha dado por supuesto eran de la víctima y, en efecto, lo son —asegura—. Al menos en eso acertaron por aquel entonces.


El almacén donde el club de campo acumula décadas de documentos es una inmensa instalación de unidades de ladrillo de cenizas conectadas cual vagones de tren a lo largo de un terreno de dos acres.

Aunque las unidades tienen un sistema de regulación de la temperatura, no disponen de iluminación, y Sykes desliza el estrecho haz de su pequeña linterna por encima de las cajas de cartón blanco mientras Missy comprueba su inventario para decirle lo que contienen.

—E-tres —lee Sykes.

—Noviembre de 1985 —dice Missy—. Nos estamos acercando.

Siguen adelante. El aire está viciado y polvoriento, y Sykes se está hartando de hurgar en cajas viejas en espacios oscuros y claustrofóbicos mientras Win se pasea por Nueva Inglaterra haciendo quién sabe qué.

—E-ocho —lee.

—Junio de 1985. Parece que están un tanto desordenadas.

—¿Sabes qué? —decide Sykes, que levanta otra pesada caja de las estanterías metálicas—, vamos a coger las de todo el año.


El portero del histórico edificio de ladrillo visto en Beacon Hill no se muestra dispuesto a dejar que Win haga lo que quiere, que no es otra cosa que presentarse a la puerta de Lamont sin previo aviso.

—Lo siento, señor —dice el hombre, ya de cierta edad, con su uniforme gris, un portero aburrido que pasa la mayor parte del tiempo detrás de una mesa, evidentemente leyendo periódicos, porque hay todo un rimero debajo de su silla—. Tengo que avisarla primero. ¿Cómo se llama usted?

«Idiota, acabas de decirme que está en casa.»

—De acuerdo, supongo que no me deja otra opción.

—Win suspira e introduce la mano en el bolsillo interior de la chaqueta para sacar el billetero y abrirlo con un golpe de muñeca que deja a la vista sus credenciales—. Pero es necesario que sea discreto al respecto. Estoy llevando a cabo una investigación extremadamente delicada.

El portero dedica un buen rato a mirar la placa de Win, su carné, y luego le escudriña el rostro con un gesto extraño y vacilante en el suyo propio, tal vez un destello de entusiasmo, y después:

—¿Es usted ese...? He estado leyendo sobre usted, ahora lo reconozco...

—No puedo hablar de ello —lo interrumpe Win.

—Si quiere mi opinión, hizo lo que tenía que hacer. Claro que sí, maldita sea. Los chavales de hoy en día no son más que despreciables matones.

—No puedo hablar de ello —repite Win en el momento en que una mujer de cincuenta y tantos entra en el vestíbulo con un vestido amarillo de marca, una «chaneliana», como llama Win a las ricachonas que se sienten obligadas a alardear de esa enorme doble C de Chanel.

—Buenas tardes. —El portero la saluda con un amable golpe de cabeza, casi una reverencia.

Ella hace caso omiso de la existencia de Win, luego le echa un par de vistazos de reojo y a continuación lo mira abiertamente y le sonríe no sin cierto coqueteo. Él le devuelve la sonrisa y la sigue con la mirada hasta el ascensor.

—Voy a subir con ella —le dice Win al portero, sin darle la menor ocasión de protestar.

Cruza a grandes zancadas el vestíbulo mientras se abren las lustrosas puertas doradas del ascensor y sube a bordo de un bajel de caoba que está a punto de llevarlo a cumplir una misión que probablemente Monique Lamont no vaya a apreciar ni a olvidar.

—Tienen que cambiarlo cuanto antes. ¿Cuántas veces se lo tengo que decir? Como si este edificio no pudiera permitirse un ascensor nuevo —dice la chaneliana al tiempo que aprieta el botón de la octava planta y mira de soslayo a Win como si fuera un pase de modelos y ella estuviera dispuesta a comprar hasta la última prenda.

El ascensor chirría igual que el *Titanic* a punto de irse a pique. Lamont se aloja en este edificio pero por lo visto nadie sabe en qué apartamento. No hay ninguno a su nombre.

—¿Vive usted en este edificio? Me parece que no le he visto nunca... —dice la chaneliana.

—Sólo vengo de visita. —Se muestra confuso, con la mirada fija en el panel de botones—. Me dijo que era el ático, pero por lo visto hay dos. A y A 2. ¿O tal vez era...? —Empieza a hurgar en los bolsillos como si buscara una nota.

El ascensor se detiene y las puertas tardan lo suyo en abrirse. La chaneliana no se mueve, adopta un semblante pensativo y responde:

—Si me dice a quién ha venido a ver, quizá pueda ayudarle.

Win carraspea, baja el tono de voz y se acerca a ella; su perfume le horada las fosas nasales como un picahielos.

—Monique Lamont, pero que sea confidencial, por favor.

A ella se le ilumina la mirada y asiente.

—Décima planta, en el ala sur, pero no vive aquí, sólo viene de visita, a menudo, probablemente para disfrutar de un poco de intimidad. Todo el mundo tiene derecho a llevar su propia vida. —Le mira fijamente a los ojos—. Si sabe a lo que me refiero.

—¿La conoce? —indaga él.

—Por referencias. Resulta difícil no fijarse en ella. Y la gente habla. ¿Y usted? Me resulta conocido.

Win extiende el brazo para evitar que se cierre la puerta y responde:

—Eso me lo dice mucha gente. Que le vaya bien el resto del día.

La chaneliana, a quien no le gusta que no le hagan caso, se marcha sin volver la mirada. Win saca el móvil y llama a Sammy.

—Hazme un favor: el apartamento de Lamont. —Facilita la dirección a Sammy—. Averigua quién es el propietario, quién lo alquila, lo que sea.

Se baja en la décima planta, donde hay dos puertas a cada lado de un pequeño vestíbulo de mármol, y llama al timbre del 10 AS. Tiene que llamar tres veces antes de que la voz recelosa de Lamont se oiga al otro lado.

—¿Quién es?

—Soy yo, Win —responde—. Abre la puerta, Monique.

Se oye ruido de cerraduras y la gruesa puerta de madera se abre. Lamont tiene un aspecto horrible.

—¿Qué quieres? No tenías derecho a venir aquí —le espeta, furiosa, al tiempo que se aparta de la cara el cabello mojado—. ¿Cómo has entrado?

Win entra pasando por su lado, se detiene debajo de una araña de cristal y contempla las molduras ricamente decoradas, los revestimientos de la pared y la madera cálida y añeja en derredor.

—Qué piso tan bonito tienes. ¿Cuánto cuesta? ¿Un par de miles? ¿Cuatro o cinco, tal vez seis?


Sentada en un despacho de un club del que nunca podría permitirse ser socia, Sykes se pregunta si Vivian Finlay se creería mejor que el resto de la gente y la habría mirado a ella por encima del hombro como a una torpe chica de campo. Sí, muchas víctimas de asesinato suelen resultar antipáticas.

Ha seguido revisando documentos y ha llegado hasta mayo. Lo que ha averiguado por el momento es que la señora Finlay era muy activa, jugaba al tenis en el club de campo hasta tres veces a la semana, después de lo cual, invariablemente, se quedaba a comer, y, a juzgar por la cifra a la que ascendía la cuenta en cada ocasión, nunca lo hacía sola y tenía por costumbre pagar ella. Parece ser que cenaba allí un par de veces por semana y frecuentaba el almuerzo de los domingos. Tampoco en estos casos comía sola, a juzgar por lo abultado de las cuentas.

Llama la atención lo generosa que era la señora Finlay, y Sykes sospecha que la razón de que la acaudalada anciana se mostrara tan espléndida no era otra que compartir su buena fortuna, pues no es probable que sus invitados se ciñeran a un presupuesto ajustado; no en ese club. Probablemente, era una de esas personas que pide la cuenta siempre porque le gusta ir de pez gordo, le gusta estar al mando, controlar a la gente, una persona orgullosa, de esas que siempre han hecho sentirse a Sykes simplona y humilde. Ha salido con un buen número de hombres así; no puede por menos de pensar en lo diferente que es Win de cualquier otro hombre que haya conocido hasta la fecha.

Como hace unas noches en el Tennessee Grill, viendo juntos la puesta de sol sobre el río, una velada especial de grandes hamburguesas con queso y cerveza, ella con la esperanza de que tal vez Win se sentía tan atraído por ella como ella misma por él. Bueno, *se siente*. No puede negarlo, sigue pensando que acabará por pasársele. Esa noche le tocaba pagar a ella, y lo hizo porque, a diferencia de la mayoría de los hombres, a Win no le importa; y no es que sea tacaño, porque desde luego no lo es. Es generoso y amable, pero está convencido de que debe haber equilibrio en todo para que ambas personas «sientan que llevan las riendas y experimenten el placer de dar», según sus propias palabras. Win siempre se turna con ella: en el campo de tiro, al volante, a la hora de pagar la cuenta o a la hora de hablar; no podría ser más cabal.

Sykes se pone a observar los extractos del mes de julio y empieza a notar una intensa emoción cuando se da cuenta de que, además de las ocasiones en que la señora Finlay alquiló pista y pagó los almuerzos, un «invitado» jugó al tenis y al golf en el club. Al margen de quién fuera ese invitado, o de que fueran diferentes invitados en distintas ocasiones, Sykes repara en que en un periodo de dos semanas se gastaron casi dos mil dólares en «ropa» en la tienda del club, que fueron cargados a la cuenta de la señora Finlay. Sykes comienza con el mes de agosto.

El 8, el día en que asesinaron a la señora Finlay, un invitado jugó al tenis, al parecer solo, porque figura la tarifa de alquiler de una máquina lanzapelotas, artefacto que una persona tan sociable como la señora Finlay por lo visto no usaba nunca. Ese mismo día, un invitado gastó casi mil dólares en la tienda de tenis del club y los cargó a la cuenta de la señora Finlay.


No hay nada entre Lamont y Win excepto una mesa de época y la bata de seda roja de ella.

Son casi las siete de la tarde, el sol luce de un naranja feroz y una franja rosa cruza el horizonte, la ventana está abierta y permite la entrada del aire cálido.

—¿Por qué no te vistes? —le dice él por tercera vez—. Por favor, somos dos profesionales, dos colegas hablando. Vamos a ceñirnos a eso.

—No estás aquí porque seamos colegas. Y además, es mi apartamento y me pongo lo que me da la gana.

—En realidad, no es tu apartamento —puntualiza Win—. Sammy tuvo una pequeña charla con el supervisor y parece ser que a tu director del laboratorio criminal le va bastante bien.

Lamont guarda silencio.

—¿Monique? ¿De dónde saca Huber el dinero?

—¿Por qué no se lo preguntas a él?

—¿Por qué te alojas en su apartamento? ¿Os traéis algo entre manos?

—Ahora mismo estoy sin casa. Acaba con este asunto, ¿quieres?

—De acuerdo. Ya volveremos a eso. —Win se inclina hacia delante y apoya los codos en la mesa—. Puedo ir antes o darte la oportunidad de que me digas la verdad.

—Sí, colegas, como tú dices. —Lamont lo mira fijamente a los ojos—. ¿Es que ahora me vas a leer mis derechos por algún delito que por lo visto crees que he cometido?

—Sólo quiero la verdad —insiste él—. Estás metida en un buen lío, y no puedo ayudarte si no me dices la verdad.

—No tengo ni idea de qué estás hablando.

—El despacho que hay encima de tu garaje —continúa Win—. ¿Quién lo utiliza?

—¿Obtuviste una orden de registro antes de entrar allí?

—Tu propiedad es el escenario de un crimen, toda ella, hasta el último centímetro. Eso no hace falta que te lo explique.

Lamont coge un paquete de tabaco y saca un cigarrillo con manos trémulas. Es la primera vez que Win la ve fumar.

—¿Cuándo fue la última vez que estuviste en el apartamento que hay encima de tu garaje?

Ella enciende el cigarrillo, da una intensa calada y tiene el tacto suficiente como para expulsar el humo hacia un lado en lugar de echárselo a la cara.

—¿De qué piensas acusarme?

—Venga, Monique. No es a ti a quien persigo.

—Pues eso parece. —Lamont acerca hacia sí un cenizero que hay sobre la mesa.

—A ver, voy a explicártelo con detalle. —Win intenta abordar el asunto de otra manera—. Entro por la puerta lateral en tu garaje, que, por cierto, había sido allanado: la cerradura estaba forzada.

Ella expulsa una bocanada de humo y, con un destello de miedo que se torna ira, da un golpecito al cigarrillo para hacer caer un poco de ceniza.

—Y veo indicios de que ha entrado allí un coche, rodadas de llanta, sucias, probablemente de la última vez que llovió, es decir, la noche que fuiste agredida.

Lamont escucha y fuma.

—Veo la escalera desplegable, subo por ella y me encuentro con un apartamento para invitados en el que no parece que se haya alojado nadie salvo por las huellas que descubro en la moqueta.

—Y registraste el lugar de arriba abajo, claro —dice ella, que se recuesta en el sillón como si lo invitara a mirarla de una manera distinta de como debería.

—Si lo hice, ¿qué crees que encontré? ¿Por qué no me lo dices?

—No tengo ni idea —responde ella.

# 13

Lamont hace caer la ceniza del cigarrillo y expulsa una bocanada de humo sin apartar sus ojos de los de él, su bata, firmemente ceñida a la cintura y con un profundo escote, es apenas una fina película roja sobre su piel desnuda.

—¿Qué me dices de todos esos laboratorios de alta tecnología con los que tienes trato en California? —pregunta Win—. Hay cantidad de dinero en biotecnología y productos farmacéuticos. Un buen potencial para el fraude y la estafa. Es curioso el modo en que esas cosas se transfieren por metástasis de unas personas a otras. A veces a gente que no era mala pero se vio expuesta a ellas.

Monique le escucha, fumando sin quitarle ojo, con el mismo destello inquietante en la mirada.

—¿Oyes lo que digo? —exclama él.

—¿Ahora vas a hacer de poli malo, Win? Pues no va a darte ningún resultado. Me conozco la rutina mejor que tú.

—¿Crees que puedes hacerme esto? —dice él—. Lo

arreglas todo para que me envíen a Tennessee y después me traes de vuelta por el pescuezo para que me encargue de este caso que has reabierto como truco publicitario. Una carta de amenaza. Acusaciones de que el tiroteo no fue limpio. ¿Cómo puedes hacerme algo semejante? ¿Qué clase de persona haría algo así?

—La mera insinuación de que era necesario investigar el incidente. La insinuación de una fiscal que se atiene a las normas. —Se le queda mirando—. Me ceñí a lo estipulado.

—Sí, claro, tú y tus normas. Tú y tu ego y todas tus maquinaciones. Un expediente policial que se pierde, el expediente de un caso de homicidio que nadie ha sido capaz de encontrar. ¿Pues sabes qué? Lo he encontrado. Y adivina dónde. En el puto apartamento que hay encima de tu garaje. ¿Estás loca?

—¿Qué? —Lamont se muestra repentinamente confusa, perpleja.

—Ya me has oído.

—¿El expediente del caso Finlay estaba en el apartamento del garaje? Ni siquiera sabía que hubiera desaparecido o que alguna vez hubiera llegado a la fiscalía... ¿En qué lugar del apartamento estaba?

—Dímelo tú. —Win está montando en cólera.

—¡Te lo diría si lo supiera!

—¿Qué tal el horno?

—¿Pretendes hacerte el gracioso?

—El expediente del caso Finlay estaba en tu horno.

La mirada de Lamont vuelve a adquirir la misma expresión de recelo y desdén.

—Alguien colocado y estúpido de narices —mascu-lla—. Alguien con la memoria de un mosquito. Para de-jarme en mal lugar.

—¿Lo escondiste allí?

—No soy estúpida —responde ella, y aplasta el ciga-rrillo como si estuviera matándolo lentamente—. Gra-cias, Win. Acabas de facilitarme una información muy va-liosa. —Se inclina hacia delante y apoya los brazos en la mesa, permitiendo que él vea lo que no debería ver, con una mirada de invitación que nunca le había brindado en el pasado.

—Ya está bien, Monique.

Ella no se mueve, aguarda, observa el modo en que la mira. Win siente que sus ojos parecen tener voluntad propia, y entonces comprende de repente lo que signifi-caría...

—No hagas eso —dice, y aparta la mirada—. Ya sé có-mo debes de sentirte. He trabajado con víctimas de agre-siones sexuales.

—¡No tienes ni idea! ¡No soy una víctima!

Da la impresión de que su arrebato hace temblar la co-cina entera.

—Y yo no pienso convertirme en una víctima —dice él en voz queda con toda frialdad—. No vas a utilizarme para validar que sigues siendo deseable. Eso déjalo para el terapeuta.

—¿Tú me validas a mí? ¿He oído bien? —pregunta ella, y se cierra la bata de golpe—. Me parece que es jus-tamente al revés. Creo que sería yo quien llevaría a cabo la validación. —Se deja caer en el sillón, erguida y con la mirada baja, parpadeando para contener las lágrimas.

Se produce un largo silencio mientras ella se esfuerza por controlarse. Finalmente dice:

—Lo siento. —Se enjuga los ojos—. Ha sido injusto y lo lamento. No quería decir eso.

—Habla conmigo —la insta Win.

—Si te hubieras tomado la molestia de ahondar un poco más en todo esto —dice Lamont recobrando la compostura y el tono mordaz—, quizás habrías averiguado que no uso el garaje. Llevo meses sin meter el coche allí. Es otra persona quien lo hace. O lo hacía. Yo no he puesto un pie en ese sitio.

—¿Quién, entonces?

—Toby.

—¿Toby? —dice Win, furioso, y también nota algo más—. ¿Has dejado que ese subnormal viva en tu propiedad? Dios santo.

—Me parece que estás celoso —dice ella con una sonrisa.

—Y a mí me parece que tú crees que estás en deuda con Huber... —farfulla Win, que no puede pensar con claridad.

—No tiene importancia.

—¡Claro que la tiene!

—Me preguntó si Toby podía vivir allí mientras trabajaba como pasante, para así sacarlo de su casa.

Win piensa en los billetes de cien dólares en el bolsillo de Baptista, en la lata de gasolina, en los trapos. Piensa en las llaves desaparecidas que obligaron a Lamont a rodear su casa hasta la puerta de atrás, un lugar oscuro y medio oculto por la vegetación, para sacar la llave de reserva de la caja con código secreto. Piensa en lo mucho que a Toby le gusta colocarse, en las acusaciones contra Baptista por tráfico de droga y en su reciente visita al tribunal de menores.

—Permíteme que te haga una pregunta —dice Win—. ¿Conoces alguna razón por la que Huber quisiera verte muerta?

Lamont enciende otro cigarrillo; su voz suena cada vez más áspera por efecto del humo. Ha dejado los martinis y se sirve una copa de vino blanco.

Mira a Win, lo evalúa, observa el modo en que la mira. Dios bendito, es el ejemplar macho más hermoso que ha visto en toda su vida. Pantalones de pinzas oscuros; camisa de algodón con el cuello abierto; piel tersa y bronceada; pelo retinto; y unos ojos que cambian como el tiempo. Se recuerda a sí misma que está un poco borracha, se pregunta cómo sería... y entonces se refrena.

Win permanece en silencio. Ella no tiene modo de saber qué está pensando.

—Sé que no me tienes respeto —dice ella entonces, fumando.

—Te compadezco.

—Claro. —Lamont nota que un odio cada vez más intenso le estruja el corazón—. Tú y los tuyos nos lo arrebatáis y luego nos dejáis de lado. Primero nos convertís en basura y después nos tratáis como tal. Guárdate la compasión para alguna de las niñatas pringadas con las que sales.

—Te compadezco porque estás vacía.

Ella ríe y su risa suena vacua.

Lamont siente de nuevo ganas de llorar, no entiende qué le pasa; tan pronto es capaz de contenerse como, al instante siguiente, venirse abajo.

—Buscas algo que colme tu inmenso vacío, Monique. Poder, fama, más poder, belleza, un hombre, cualquiera siempre que lo desees. Pero todo es tan frágil como el vidrio que coleccionas. El menor trauma, la menor decepción, y se rompe en mil pedazos.

Lamont se aparta de él; no quiere mirarle a los ojos.

—Voy a preguntártelo otra vez —dice Win—. ¿Tuviste algo que ver con que el expediente del caso Finlay acabara en tu apartamento, donde se alojaba Toby?

—¿Por qué? —pregunta ella con voz temblorosa, y le mira de nuevo—. ¿Para evitar que llegara a tus manos? No. Ya te lo dije. Nunca he visto ese expediente. Supuse que estaba en Tennessee.

—Entonces, ¿no lo viste cuando llegó a tu despacho? Toby asegura que lo dejó encima de tu mesa.

—Es un maldito embustero. Ni siquiera sabía que iban a enviarlo a la fiscalía. Es evidente que lo interceptó.

—Así que debo suponer que se lo llevó al apartamento de tu garaje y lo escondió, o lo perdió, o lo que quiera que hiciese con él.

—Yo no entro allí, o no lo hago desde que llegó él. No

es más que una habitación para invitados que rara vez se utiliza.

—No parece que él la usara mucho tampoco. ¿Le viste entrar o salir alguna vez?

—No presté la menor atención.

—¿Nunca viste su coche?

—A veces, generalmente tarde por la noche. No me metía en sus asuntos. A decir verdad, me traían sin cuidado. Supuse que estaba fuera todo el tiempo, con sus amigos drogatas.

—Tal vez con un amigo drogata llamado Roger Baptista. Por lo que parece, Toby no tenía previsto regresar a tu oficina ni a tu apartamento después de sus vacaciones en el Vineyard.

Lamont reflexiona, con expresión que es a la vez de tensión y de furia. Está asustada.

—¿Por qué querría Toby llevarse ese expediente de tu oficina? —insiste Win.

—Es olvidadizo, tiene el cerebro corroído por la droga, no le queda memoria...

—¿Monique?

—Quizá porque alguien se lo pidió. Para dejarme como una fiscal incompetente, corrupta. Para investigar el caso te falta justamente lo que más necesitas. Sin el expediente, resulta más bien imposible, ¿no? Si lo encontraran allí, encima de mi garaje, me vería en un problema muy serio.

Win se limita a escuchar.

—Alguien le dijo a Toby que lo cogiera y el cabeza de chorlito lo hizo. —Lamont guarda silencio unos instantes y luego dice—: Qué estúpido, qué incompetente. Viva o muerta, de una manera u otra, Crawley consigue salir reelegido.

—¿Crees que ha tenido algo que ver en esto?

—Qué oportuno que Toby estuviera fuera de la ciudad esa noche. Cuando apareciste tú, cuando ocurrió, Toby acababa de irse a Vineyard. Nada de testigos. El objetivo de esa ridícula carta que te dejaron en el Café Diesel era probablemente asegurarse de que no decidieras presentarte y así evitar, precisamente, lo que hiciste.

—De manera que también estás al corriente de eso —dice Win—. A ver si lo adivino. Huber y sus pañuelos de seda... Esa noche llevaba uno de color escarlata.

—Me enteré después. Ahora me parece que veo una razón diferente tras lo que hizo. Una carta insultante para tenerte ocupado. Por si habías decidido pasarte por mi casa, venir a verme...

—¿Por qué iba a pensar tal cosa?

—Celos patológicos. Se piensa que todo el mundo me desea. Se piensa que todo el mundo te desea. Probablemente Toby escogió a ese tipo con cuidado, lo más seguro es que estés en lo cierto. —Vuelve a hablar de otro asunto, vuelve a hablar de Baptista—. Probablemente uno de sus camellos. Seguro que lo conoció yendo a pillar. ¿Crees que fue él quien le pagó?

—¿Quién es él?

Lamont lo mira un buen rato y luego responde:

—Ya sabes quién, maldita sea.

—Huber —dice Win—, y no va a ser fácil interrogarlo cuando llegue el momento.

—Probablemente fue Jessie quien entró en mi apartamento.

—¿Por qué? ¿Para buscar el expediente?

—Sí —responde Lamont, y tras una pausa añade—: No lo sé. No lo sé. Lo único que sé es que quería dejarme en mal lugar, destruir mi reputación. Una vez muerta. O ahora, todavía con vida... —Le tiembla la voz y tiene los ojos arrasados en lágrimas de furia. Win la observa, a la espera—. A ver, dime —continúa, aunque apenas es capaz de hablar—, ¿también le pagó para que me violara? —pregunta a voz en cuello mientras las lágrimas resbalan por sus mejillas.

Win no lo sabe, y tampoco sabe qué decir.

—O le pagó sólo para que me matara y quemase la casa y ese gilipollas inútil de mierda añadió lo de la violación por la cara. Claro que sí. La proverbial oportunidad para cometer un crimen.

—¿Por qué? —indaga Win en voz queda—. ¿Por qué semejante...?

—¿Por qué semejante ansia de destrucción? —le interrumpe Lamont con una carcajada estridente—. ¿Por qué? Venga, Win. Lo ves todos los días: odio, envidia, humillaciones, amenazas... Venganza. Mata a alguien tantas veces y de tantas maneras horrendas como puedas, ¿verdad? Degrádalo, provócale todo el dolor y el sufrimiento posibles.

Win siente que lo asaltan imágenes de ella, aquella noche. Intenta relegarlas al fondo de su mente.

—Bueno, lo intentó —exclama Lamont, y añade—: ¿Cuánto?

Él sabe lo que le está preguntando, pero no responde.

—¿Cuánto?

Win vacila y dice:

—Mil dólares.

—Así que eso es todo lo que valgo.

—No tiene nada que ver con eso, y lo sabes...

—No te molestes —responde ella.

# 14

La armería Rex está en Upward Road en East Flat Rock. Es un buen sitio para una reunión privada, porque el establecimiento cierra los domingos. Nunca está de más saber que en Carolina del Norte los partidarios de las armas de fuego y el camuflaje respetan las fiestas de guardar.

Sykes y Win están sentados en sillas plegables entre armeros que contienen carabinas y aparejos de pesca. Un róbalo de más de tres kilos, colgado como trofeo en la pared, observa a Sykes con mirada líquida. Apoyado en una vitrina llena de pistolas está Rutherford, el sheriff del condado de Anderson, que es amigo de Rex; de ahí que dispusiera de la llave para franquear el paso a Win y Sykes de manera que pudieran mantener una pequeña charla sobre el caso Finlay. Rutherford tiene un aspecto que casa con su nombre, lo que no deja de ser extraño, un fenómeno del que Sykes ha sido consciente toda su vida.

Es grande y estruendoso como un tren de mercancías, amedrentador e inamovible en una sola dirección, la suya. Más de una vez les ha recordado, de una manera u otra, que Flat Rock es su jurisdicción y les ha dejado claro que si alguien detiene a George y Kimberly *Kim* Finlay, será él. Para empezar, añade, tiene que entender por qué hace falta detenerlos. Así que Sykes y Win se están empleando a fondo para explicarle pacientemente los pormenores del caso, detalles que salieron a la luz cuando anoche estuvieron en vela realizando el trayecto desde Knoxville hasta allí y luego se metieron en un Best Western Motel desentrañando y volviendo a reconstruir información de un expediente al que deberían haber tenido acceso desde el primer momento, páginas y más páginas de informes, declaraciones de testigos y cerca de una docena de espantosas fotografías que tornaban muchas cosas inquietantemente obvias.

Fue Kim quien descubrió el cuerpo de la señora Finlay y llamó a emergencias a las 2.14 de la tarde, el 8 de agosto. Asegura que conducía el Mercedes sedán blanco de George, había salido a hacer unos recados y decidió pasarse a hacerle una visita. Sin embargo, varias horas antes, entre las diez y media y las once de la mañana, un jubilado que vivía a escasas manzanas de la casa de la señora Finlay en Sequoyah Hills vio a Kim en la zona al volante de su Mercedes descapotable rojo. Cuando el detective Barber le preguntó al respecto ella ofreció la sencilla explicación de que mientras iba de aquí para allá se detuvo en la zona de Sequoyah Hills para pasear a su perrita maltés, *Zsa Zsa*, por Cherokee Boulevard, o «el Bulevar», según sus palabras. Nada especialmente sospechoso, ya que el Cherokee Boulevard era y es un lugar al que suele ir la gente, incluidos quienes no residen en la zona, a pasear el perro. Se sabe que Kim, que no vivía en Sequoyah Hills, paseaba por allí a *Zsa Zsa* a diario, dependiendo del tiempo, y el 8 de agosto resultó ser un día radiante.

En su declaración a Barber, abundó en ese relato con verosimilitud razonable: dijo que llevó a *Zsa Zsa* de regreso a casa hacia mediodía, fue a ver a George, que estaba «en cama con un resfriado» y luego volvió a salir con el Mercedes de él porque el descapotable «tenía poca gasolina y estaba haciendo un ruido raro». De camino a la tintorería, decidió «dejarse caer» por casa de la señora Finlay, y al no responder ella a la puerta, Kim entró y se llevó el «susto más horrible» de su vida. Después pasó a contarle a Barber, hecha un mar de lágrimas, que siempre le había preocupado mucho la seguridad de la señora Finlay. «Tiene un montón de dinero, se comporta ostentosamente y vive sola, y además es ingenua, demasiado confiada», dijo, y añadió que a principios de semana, cuando «George y yo fuimos a su casa a cenar, ambos vimos a un negro de aspecto sospechoso que no quitaba ojo a la casa. Cuando aparcamos en el sendero de entrada, se marchó a toda prisa».

George, como es natural, corroboró la historia de su esposa. George, como es natural también, tenía alguna otra buena historia de cosecha propia, incluida la de que estaba «casi seguro» de que su tía se había fijado en el mismo negro varios días antes, paseando calle arriba y abajo cerca de su casa; «merodeando», según palabras de la anciana. George también estaba «casi seguro» de que «probablemente» él mismo dejó un martillo en el alféizar del dormitorio principal de su tía después de ayudarle a colgar un cuadro, no sabía exactamente cuándo, pero no mucho antes de que «ocurriera». Surgió una teoría convincente: la señora Finlay regresó a casa de jugar a tenis o hacer compras o algo por el estilo e interrumpió a su agresor, que apenas había conseguido hacerse con una caja de monedas de plata que supuestamente estaba «a la vista encima de una cómoda en el dormitorio principal».

En una de sus anotaciones, Barber escribió que, al llegar la policía, había agua en la bañera, una toalla húmeda sobre el borde y otra toalla húmeda más grande en el suelo del dormitorio, no muy lejos de donde se encontró el cadáver. Conjeturó que cuando el asesino oyó llegar el coche de la señora Finlay, «quizá se escondió» y la observó mientras se desvestía para tomar un baño, lo que «tal vez lo excitó sexualmente». En el momento en que probablemente no llevaba encima más que los «arrugados pantis azules de tenis», se encaró con ella, y cuando empezó a gritar, reparó en el martillo que había en el alféizar y lo utilizó.

Lo que Barber no tomó en consideración, al menos no por escrito, fue la posibilidad de que la señora Finlay estuviese en la bañera cuando apareció su agresor, de que en realidad éste fuese una persona a la que conocía tanto como para permitirle el acceso a su dormitorio, tal vez incluso que hablara con ella mientras seguía en la bañera o se estaba secando, quizás una amiga íntima o pariente cercana, tal vez alguien que no siempre se llevaba bien con ella. Por lo visto, a Barber no se le pasó por la cabeza que la señora Finlay pudo ser asesinada por alguien muy próximo a ella y luego se organizó todo el crimen de manera que pareciera un intento de agresión sexual en el que el enfurecido violador llegó hasta el punto de bajarle los pantis de tenis por debajo de las rodillas antes de matarla a golpes.

Según la declaración de una de las compañeras de tenis de la señora Finlay, las relaciones entre ésta y Kim se habían vuelto bastante hostiles a lo largo del verano, y la señora Finlay «había empezado a decir cosas como que los chinos deberían trabajar en lavanderías en vez de casarse con gente como su sobrino». Desde luego a Sykes se le habría encendido la luz de alarma si hubiera sido ella la detective y alguien le hubiese dicho eso; se habría volcado en esa dirección, habría unido todos los puntos y decidido que Kim y la señora Finlay se detestaban mutuamente y tal vez cuando aquélla pasó por su casa después de jugar a tenis ese día —quizá luego de otra desenfrenada sesión de compras cargadas a la cuenta del club de campo de la señora Finlay—, tuvieron una discusión que no fue por buen camino.

—A mí sigue pareciéndome sumamente circunstancial —dice el sheriff Rutherford, al lado de la vitrina llena de pistolas contra la que está apoyado.

—El ADN no es circunstancial —replica Win, y mira a Sykes una y otra vez, como para recordarle al sheriff que los dos están juntos en este asunto.

—No entiendo por qué no tomaron muestras de ADN entonces. ¿Seguro que no están contaminadas después de veinte años?

—Entonces no se efectuaban análisis de ADN —dice Win mirando a Sykes, que asiente—. Sólo pruebas estándar de serología, tipificación ABO, lo que sin duda indicó que la sangre hallada en las prendas de tenis era de la señora Finlay. Pero lo que no analizaron hace veinte años fueron otras zonas de las prendas que pudieran aportar más información biológica.

—¿Qué zonas, por ejemplo? —pregunta el sheriff con impaciencia creciente.

—Zonas que rozan con la piel, zonas que podrían tener sudor, saliva u otros fluidos corporales. Se obtiene a partir de toda clase de cosas: la parte interior de los cuellos, las axilas, las alas de los sombreros, calcetines, la parte interior de los zapatos, chicles, colillas... Hace falta una tecnología de ADN sumamente sensible para análisis así. PCR. Repeticiones cortas en tándem. Y por cierto, cuando el ADN está contaminado, no se producen falsos positivos.

Rutherford no quiere entrar en detalles, así que dice:

—Bueno, George y Kim no van a daros ningún problema. Y como os he dicho, sé que están en casa. He hecho que les llamara mi secretaria con la excusa de que estaba recaudando dinero para el fondo de ayuda a las víctimas de huracanes de la Orden Fraterna de la Policía. ¿Habéis visto algo parecido a todos estos huracanes? A mi modo de ver, hay algo que no le hace gracia al Todopoderoso.

—Hay cantidad de cosas que no tiene por qué hacerle gracia —le dice Sykes—. Cantidad de ambición, codicia y odio, las mismas razones que llevaron al asesinato de la señora Finlay.

El sheriff Rutherford guarda silencio; no está dispuesto a mirarla, ha dirigido todos y cada uno de sus comentarios a Win. Es un mundo de hombres, lo que probablemente explica que haya tantos huracanes, castigo para las mujeres que no se quedan en casa y hacen lo que se les dice.

—Antes de que os pongáis en camino —le dice el sheriff a Win—, me gustaría aclarar lo del tren, porque aún tengo sospechas de que fue un homicidio, como que tal vez tuvo alguna relación con alguna clase de crimen organizado, la mafia sureña o algo así. Y en ese caso —niega lentamente— quizá deberíamos abordar el asunto de otra manera y llamar al FBI.

—No fue un homicidio; ni pensarlo. —Sykes se muestra inflexible—. Todo lo que he descubierto acerca del caso de Mark Holland apunta hacia el suicidio.

—¿Y qué es «todo»? —le pregunta el sheriff a Win, como si fuese éste quien acabara de hacer la afirmación.

—Por ejemplo, que cuando estaba casado con Kim, ella se fundía su dinero y lo engañaba, tenía una aventura con el mejor amigo de Mark, otro poli. Mark tenía razones más que suficientes para estar deprimido y furioso —asegura ella, con la mirada clavada en el sheriff.

—Es posible que no fuera suficiente para despertar las sospechas de Barber —apunta Win—, pero debería haberle llevado a plantear algunas preguntas sobre el carácter y la moral de Kim. Cosa que sin duda hizo, porque se puso en contacto con la oficina del forense en Chapel Hill y luego grapó una Polaroid de los restos de Holland al inventario de efectos personales de la autopsia de la señora Finlay.

—¿Un inventario de efectos personales con prendas de tenis? ¿Sólo porque la ropa de tenis era de la talla seis algún Sherlock lo relacionó con la muerte del tren? —Rutherford quita el envoltorio de un chicle de menta verde y le guiña un ojo a Win—. Supongo que dejaré el ADN aquí, ¿eh? —Hace una pausa y añade—: Adelante. —Masca unos instantes—. Venga, adelante, estoy escuchando. Relaciona eso con la muerte del tren. A ver si puedes. —Sigue mascando.

—De la talla diez —dice Sykes—. Las prendas de tenis eran de la talla diez.

—Bueno, no es que sea experto en ropa femenina, pero no veo ninguna relación entre que a ese pobre poli lo pillara un tren y la ropa de tenis de la anciana muerta. ¿Suponéis que el detective Barber llegó a la conclusión de que esa ropa era muy grande para la señora Finlay? —dice el comisario mirando a Win.

—Seguro que Barber no se dio cuenta —comenta Sykes.

—Yo no creo que hubiera caído en la cuenta —le dice el sheriff a Win—. ¿Y tú? —Vuelve a guiñarle un ojo sin dejar de mascar.

—Es el detective Garano quien se dio cuenta —explica Sykes.

—Una respuesta más sencilla quizá sea que lo que envió Barber a los laboratorios del Buró de Investigación de Tennessee para que lo analizaran fue la ropa de tenis ensangrentada —sugiere Win—. Hizo una copia, la grapó a la foto del depósito de cadáveres y luego la adjuntó a la factura de septiembre de su MasterCard, tal vez porque era allí donde figuraban los gastos del mes anterior relativos a su viaje a la oficina del forense en Chapel Hill. La gente hace cosas así sin pensar en ellas. Quién sabe.

—No me cabe la menor duda. —Sykes asiente, pensando en el expediente que Toby Huber metió en el horno como un estúpido.

—Hay muchos detalles que no llegan a cobrar sentido —continúa Win—. Muchos huecos que no acaban de llenarse. Una buena parte de lo que se reconstruye probablemente guarda muy escaso parecido con lo que en realidad ocurrió en esos instantes en que un arrebato de violencia pone fin a la vida de alguien.

—¿Eres una especie de filósofo o algo por el estilo? —Rutherford entorna los ojos y masca el chicle.

Win se pone de pie, mira a Sykes y le hace una seña.

—Sólo nos hace falta algo de tiempo para darles la feliz noticia, luego puede detenerlos usted mismo —le dice Win al sheriff.

«Al menos ha dicho "nos"», piensa Sykes. No tenía por qué incluirla. «El caso es suyo», pero por muy a menudo que se lo recuerde a sí misma, le produce una sensación de desengaño y resentimiento. Después de todos esos lugares oscuros y las cajas y las llamadas de teléfono y las clases que ha perdido en la Academia y todo lo demás, desde luego tiene la sensación de que el caso también es de ella, y le satisfaría enormemente decirles a Kim y George Finlay que no se han salido con la suya, que están a punto de verse esposados y en una mansión muy distinta de la que están acostumbrados.

—Son bastante buena gente —le dice Rutherford a Win cuando van camino del aparcamiento, echa una larga y desdeñosa mirada al viejo VW Rabbit de Sykes, tal como ha hecho al llegar ella y Win—. Bueno, llámame cuando estés preparado —le dice a Win—. Es una auténtica pena tener que encerrarlos. —Hace una pausa, mascando chicle, y agrega—: Nunca han causado el menor problema por aquí.

—Me parece que ahora ya no se les va a presentar la oportunidad —comenta Sykes.

A escasos kilómetros de allí se encuentra Little River Road, donde muchos de los habitantes ricos de Flat Rock tienen mansiones, fincas y casas de veraneo, muchos de cuyos propietarios proceden de lugares tan lejanos como Nueva York, Los Ángeles, Boston y Chicago.

Sykes desvía el coche del largo sendero de entrada sin asfaltar, aparca a un lado, entre la maleza, para que Win y ella puedan presentarse sin previo aviso. Se bajan y echan a andar hacia la casa que el sobrino de Vivian Finlay, George, y Kim, su esposa «asiática en un noventa y tres por ciento», heredaron de la señora Finlay tras el asesinato de ésta. La acomodada pareja lleva veintidós años de matrimonio, tras casarse seis meses después de que el primer marido de Kim, el detective Mark Holland, se suicidara en un solitario tramo de vía en una zona apartada de Carolina del Norte.

—Bueno, yo lo habría hecho —comenta Sykes, continuando una conversación que mantienen desde hace diez minutos.

—Es fácil decirlo veinte años después de que ocurriera —le recuerda Win—. No estábamos allí.

—¿Seguro que no te habrías molestado en comprobar las reservas de la pista de tenis? —dice Sykes mientras avanzan por el sendero de entrada sin asfaltar, cada vez más cerca de la casa donde George y Kim disfrutan de su vida privilegiada en su hermosa vivienda—. Venga, ¿no habrías hecho lo mismo que he estado haciendo yo, maldita sea?

Una vez más tiene que recordarle a Win lo mucho que ha trabajado, la investigación tan pasmosamente exhaustiva e inteligente que ha llevado a cabo.

—Si Barber hubiera hecho eso mismo, se habría dado cuenta de que no fue la señora Finlay quien utilizó la máquina lanzapelotas aquel día —continúa Sykes, que ya ha hecho hincapié en el asunto unas cuatro veces a estas alturas—, a menos que firmara como «invitada». Le bastaba con formular unas cuantas preguntas.

—Tal vez lo viera, de cierto modo, igual que yo —sugiere Win—. No le hacía gracia tener que vérselas con un club que no lo habría aceptado como socio.

Sykes se acerca a él, que la rodea con un brazo.

—Bueno, ¿va a ir a parar a la cárcel? —pregunta Sykes, y no se refiere a Kim Finlay.

Está pensando en Monique Lamont.

—A título personal, creo que ya ha pagado con creces —responde Win—; pero aún no he acabado.

Por un instante permanecen en silencio mientras caminan bajo el sol por el largo y serpenteante sendero de entrada flanqueado por árboles. Él percibe la pesadumbre de Sykes, su dolor y decepción.

—Sí, tienes unos cuantos asuntos pendientes en ese terreno, eso seguro —dice ella—. Supongo que después de ocuparte de estos dos te marcharás. —Mira en dirección a la casa.

—En Massachusetts nos vendría bien algún que otro buen investigador forense —comenta.

Ella camina cogiendo a Win con fuerza de la cintura.

—¿Crees que existió la caja con monedas de plata? —pregunta, quizá sólo para cambiar de tema, quizá para apartar de su cabeza el lugar donde vive y trabaja Win, donde lleva una existencia tan entreverada con la de Lamont, por mucho que lo niegue.

—Probablemente —responde él—. Supongo que Kim la cogió al salir la primera vez, después de haberla matado, mientras intentaba calcular cómo disponerlo todo para que pareciese un robo con agresión sexual y ocultar lo que, en realidad, probablemente fue un crimen por impulso. Cargárselo a un negro sospechoso. Funcionaba de maravilla, sobre todo en aquellos tiempos. La gente solía llamar a la poli cuando veía a mi padre. Ocurría a menudo: está en su propio patio y avisan a la policía de que hay un merodeador.

El sol cae a plomo sobre sus cabezas, sopla una fresca brisa, el tejado de la casa, ahora a la vista, asoma por encima de los árboles. Apartan los brazos y se separan el uno del otro, otra vez como colegas, hablando del caso. Sykes se pregunta cómo es que Jimmy Barber nunca se interesó por lo que había ocurrido con los zapatos y los calcetines de Vivian Finlay. Se pregunta qué encontraría Kim para ponerse cuando emprendió la huida después de quitarse la ropa de tenis ensangrentada. Se pregunta muchas cosas.

Poco después ya tienen la casa delante y ven a George y Kim Finlay, ya sexagenarios, almorzando sentados en sillas blancas en el amplio y blanco porche.

Win y Sykes miran a la pareja, que los mira a su vez.

—Son todo tuyos —le dice en voz queda.

Sykes lo mira.

—¿Estás seguro?

—El caso es tuyo, compañera.

Siguen la acera de pizarra y se dirigen hacia la escalera de madera que sube al porche, donde George y Kim han dejado de comer. Entonces se levanta de la silla Kim, una mujer encorvada con el pelo entrecano recogido en la nuca, gafas con cristales tintados y arrugas que indican lo mucho que debe de fruncir el entrecejo.

—¿Se han perdido? —pregunta Kim con voz sonora.

—No, señora, no nos hemos perdido en absoluto —responde Sykes mientras ella y Win suben al porche—. Soy la agente especial Delma Sykes, del Buró de Investigación de Tennessee. Éste es el detective Winston Garano, de la Policía del Estado de Massachusetts. Hablé con usted el otro día por teléfono, ¿lo recuerda? —añade dirigiéndose a George.

—Claro que sí. —George carraspea, es un hombre menudo, con el pelo blanco. Vacilante, se quita la servilleta que lleva sobre la pechera del polo de sport Izod; no sabe si levantarse o permanecer sentado.

—El caso del asesinato de Vivian Finlay se ha reabierto al aparecer nuevas pruebas —prosigue Sykes.

—¿Qué nuevas pruebas puede haber después de tantos años? —pregunta Kim, que se hace la despistada e incluso intenta mostrarse apenada por el recuerdo.

—Su ADN, señora —responde Sykes.

# 15

Nana y él y una misión secreta, mediados de octubre, la noche comienza fresca y vigorizante sin apenas luna.

Watertown, a toda velocidad hacia una dirección donde una clienta de Nana aseguró que, los fines de semana, se celebraban en secreto peleas de perros en el sótano, peleas violentas, horribles, dogos, terriers, buldogs, pit bulls, medio muertos de hambre, apaleados, hechos pedazos. El precio de la entrada es de veinte dólares.

Win todavía es capaz de ver la expresión de Nana cuando aporreó la puerta, la expresión del tipo cuando entró en su oscura y miserable casa.

«Te tengo entre los dedos», le dijo Nana, que había levantado dos dedos y apretaba el uno contra el otro. «Y voy a estrujarte. ¿Dónde están los perros? Porque nos vamos a llevar a todos ahora mismo.» Y apretó los dos dedos con todas sus fuerzas delante de su rostro mezquino y desalmado.

«¡Jodida bruja!», le gritó él.

«Ve a echar un vistazo a tu jardín, fíjate en todos esos centavos nuevos y relucientes por todas partes», respondió ella, y es posible que el tiempo haya embellecido la historia, pero por lo que Win recuerda, en el momento en que Nana mencionó los centavos y el hombre fue a la ventana a mirar, se levantó de la nada una furiosa ventolera y una rama de árbol golpeó esa misma ventana y la hizo añicos.

Nana y Win se marcharon con el coche lleno de perros —criaturas lastimosas, mutiladas— mientras él lloraba sin poder controlarse, intentaba acariciarlos, hacer algo para que no sufrieran y temblaran tanto, y después de dejarlos en el hospital veterinario, regresaron a casa, y había empezado a hacer mucho frío, y habían encendido la estufa dentro de la casa, y los padres de Win y *Lápiz* estaban muertos.

—¿*Lápiz*? —pregunta Monique Lamont, sentada a su mesa de vidrio.

—Un labrador rubio. Se llamaba así porque de cachorro siempre me mordía los lápices —responde Win.

—Intoxicación por monóxido de carbono.

—Sí.

—Es horroroso. —Qué vacío suena cuando lo dice Lamont.

—Sentí que era culpa mía —le dice—. Quizá lo mismo que sientes tú con respecto a lo que te ocurrió, que de alguna manera fue culpa tuya. Las víctimas de una violación se sienten muchas veces así, como tú bien sabes. Bastante has visto en la fiscalía, en los tribunales.

—No soy una víctima.

—Te violaron. Casi te asesinaron, pero tienes razón. No eres una víctima. Lo fuiste.

—Igual que tú.

—De una manera diferente, pero así es.

—¿Cuántos años tenías? —pregunta ella.

—Siete.

—Jerónimo —dice Lamont—. Siempre me he preguntado por qué «Jerónimo». ¿Valentía? ¿Determinación? ¿Venganza por la muerte de su familia? *El gran guerrero apache.*

Lamont está otra vez como siempre, con un elegante traje negro, iluminada por la luz del sol que se refleja en todas y cada una de las piezas en su despacho. Win se siente como si estuviera dentro de un arco iris, un arco iris que le pertenece a ella. Si Lamont dice la verdad, toda la verdad, hay esperanza.

—¿Porque tenías que convertirte en el héroe? —le pregunta en un intento de mostrar cariño y ocultar su miedo—. ¿Tenías que convertirte en guerrero porque eras el único que quedaba?

—Porque me sentía como un inútil —responde él—. No quería hacer deporte, competir, formar parte de equipos, hacer nada que de alguna manera me pusiera a prueba y demostrara lo inútil que era en realidad. Así que me refugié en mí mismo; leía, dibujaba, escribía, hacía toda clase de actividades a solas. Nana empezó a llamarme Jerónimo.

—¿Porque te sentías como un inútil? —Lamont coge la copa de agua con gas sin asomo de expresión en su rostro imponente.

Nana siempre se lo recordaba: «Eres Jerónimo, cariño. Nunca lo olvides, cariño.»

Y Win le está explicando a Lamont:

—Una de las muchas cosas que dijo Jerónimo es: «No puedo creer que seamos inútiles, o Dios no nos habría creado. Y el sol, la oscuridad, los vientos, todos prestan oídos a lo que hemos de decir.» Así que ahí lo tienes, eso es lo que he de decir sobre mí. La verdad, Monique. —Hace una pausa y añade—: Ahora te toca a ti. He venido a escucharte, pero sólo si estás decidida a contármelo todo.

Ella bebe un sorbo de agua, lo mira pensativa y luego dice:

—¿Por qué habría de importarte, Win? ¿A ver, por qué?

—Por una cuestión de justicia. Las peores cosas que han ocurrido no son culpa tuya.

—¿De verdad te importaría que acabara en la cárcel?

—La cárcel no es tu sitio. No sería justo para los demás presos.

Ella ríe, sorprendida, pero su alegría se esfuma enseguida. Bebe más agua con manos nerviosas.


—Esto no tiene que ver únicamente con que te presentaras a gobernadora, ¿verdad? —agrega Win.

—Por lo visto, no —responde ella, mirándolo a los ojos—. No, claro que no. Era un plan doble. El que yo perdiera el expediente del homicidio de Finlay y luego apareciera en mi propiedad habría convertido «En peligro» en una farsa, nos habría convertido a mí y a la fiscalía en un hazmerreír, habría congraciado a Huber con el gobernador, los dos conchabados en el asunto, de eso no me cabe duda. O me asesinan o me destruyen, o ambas cosas, en realidad. Nadie me elogia en mi funeral: inútil. Yo también conozco esa palabra, Jerónimo. —Hace una pausa y añade—: Inútil y estúpida.

—¿El gobernador pretendía que fueras asesinada?

Ella niega con la cabeza.

—No, sencillamente pretendía que no ganara las elecciones. Jessie quería que el gobernador se mostrara agradecido con él. ¿Cómo demonios crees que ha llegado dónde está? Favores. Manipulaciones. Quería verme muerta y, bueno, sin duda eso también habría hecho la vida más fácil a Crawley; pero no, nuestro querido gobernador no tendría agallas para eso. Jessie siempre lo quiere todo a lo grande, especialmente el dinero.

—¿Estás hablando de información privilegiada, Monique? ¿Tal vez de compra de acciones de un laboratorio de alta tecnología especializado en el análisis de ADN que está a punto de convertirse en el centro de atención de los medios?

Ella tiende la mano hacia la botella de agua, pero está vacía, y saca la pajita para tirarla a la papelera de vidrio que hay debajo de su mesa.

—PROHEMOGEN —dice entonces Win—. Tecnología de análisis de ADN que establece correspondencias genéticas entre los pacientes y los medicamentos que necesitan. Es posible que el laboratorio que escogiste para tu numerito publicitario de cara a los medios elabore perfiles de ascendencia en casos criminales, pero no es ahí donde está el dinero.

Ella escucha con la expresión que suele asomar a su rostro cuando está encajando las piezas de un caso.

—El dinero se obtiene utilizando la genómica para contribuir al desarrollo de esos supermedicamentos de nueva generación. Inmensas cantidades de dinero, inmensas —señala Win.

Ella no responde, sino que sigue escuchando con atención.

—El laboratorio de California —continúa él—. Toda la atención a nivel nacional que tú, la gobernadora, conseguirías con la excusa de esa anciana asesinada en Tennessee. Bueno, sería de gran ayuda, ¿verdad? Diriges la atención de los medios hacia ellos y su lucrativa biotecnología, les facilitas esa clase de publicidad gratuita y... ¿adivina qué ocurre? El precio de las acciones sube. ¿Cuántas tienes tú?

—Eso hace que resulte evidente al menos una cosa —responde Lamont—. Haz que dé la impresión de que me llevé el expediente del caso a mi domicilio y lo estaba ocultando, pero asegúrate de que lo encuentren.

Win la mira un momento prolongado, y dice:

—Qué perspicaz. Te destruye a ti pero arregla la situación. El expediente del caso acaba por salir a la luz. Publicidad a espuertas. A tu costa. Igual se resuelve el caso, o igual no, pero hay publicidad en abundancia para ese laboratorio de California.

—La obtendrá de todas maneras. Ya está obteniéndola. El caso está resuelto.

—El laboratorio no hizo nada mal. En realidad, lo hizo todo bien. Ayudó a que se resolviera el caso.

Ella asiente.

—La triste verdad es que esa anciana asesinada no tenía la menor importancia en todo este embrollo —dice Win—. Al poder no le interesaba para nada.

Lamont está pensando, probablemente intenta llevar el asunto por unos cauces que le resulten convenientes. Finalmente dice:

—Sé que probablemente no me creas, pero a mí sí me importaba. Quería que su caso se resolviera.

—¿Cuántas acciones tienes? —vuelve a preguntarle Win.

—Ninguna.

—¿Seguro?

—Nunca se me habría pasado por la cabeza nada semejante. No sabía nada sobre la empresa, pero Jessie, en su puesto, dispone de información acerca de toda clase de biotecnología, toda clase de laboratorios privados que van surgiendo en el mundo entero. Yo no estaba al corriente de ello, de lo del laboratorio de California y su biotecnología. En realidad, lo único que sabía era que estábamos trabajando en un caso con veinte años de antigüedad que se convirtió en una iniciativa contra el crimen a la que llamé «En peligro».

—¿Es Huber el hombre con el que estuviste la noche anterior a la agresión, probablemente cuando desaparecieron tus llaves? Dijiste que habías salido y que fuiste a trabajar directamente desde el lugar donde pasaste la noche.

Win tiene un *minidisc* en marcha encima de la mesa de vidrio de Lamont y está tomando notas.

—Cenamos. No puedo... Hay tantas cosas sobre él que me cuesta creer...

—El móvil. —Win no va a permitirle que evite responder.

Ella se toma su tiempo, y luego:

—Jessie y yo somos amigos. De la misma manera que Jessie y tú sois amigos.

—Tengo serias dudas de que sea exactamente lo mismo.

—A principios de este año, me aconsejó sobre mi cartera de valores. —Lamont carraspea e intenta adoptar un tono de voz más firme—. Gané algo de dinero y caí en la cuenta de lo que estaba ocurriendo una semana después, cuando leí en la prensa que las autoridades estadounidenses habían autorizado la venta de un fármaco concreto que se estaba desarrollando en algún laboratorio. No era el del caso Finlay, sino otro.

—¿Y eso es motivo suficiente para organizar tu asesinato?

—Estaba obteniendo información privilegiada a cambio de subcontratar miles de *kits* de ADN para que los analizaran de cara a incluirlos en nuestra base de datos, así como en las de otros estados de acuerdo con sus recomendaciones. Adquisiciones a gran escala de instrumental para su laboratorio, recomendaciones para que otros laboratorios forenses adquirieran los mismos equipos... El asunto lleva años funcionando.

—¿Reconoció él todo eso ante ti?

—Después de que me aconsejara sobre las acciones, empezaron a encajar muchas cosas. —Lamont mira de soslayo la grabadora—. Cuanto más me contara, más implicada me vería. Soy culpable de utilizar información privilegiada. Luego, soy culpable de conspiración, de saber lo que está haciendo el director de los laboratorios de criminología del estado y no decir ni palabra. Por no hablar de...

—Cierto, esa relación vuestra no es precisamente profesional.

—Me quiere —dice ella en tono inexpresivo, mientras contempla la grabadora.

—Vaya forma de demostrártelo.

—Yo puse fin a nuestra relación hace meses, después de que me diera ese consejo sobre las acciones y averiguara en qué estaba metido, en qué me acababa de meter a mí; después de que me diera cuenta de lo que es. Le dije que ya no lo quería, no de esa manera.

—¿Le amenazaste?

—Le dije que no quería tener nada más que ver con sus actividades ilegales, que tenían que cesar. En caso contrario, habría consecuencias.

—¿Cuándo se lo dijiste?

—La primavera pasada. Probablemente no fue muy inteligente por mi parte —murmura Lamont sin apartar la vista de la grabadora.

—Podrías haber contado con la presencia de un abogado —le recuerda Win—. Todo esto lo has dicho por voluntad propia. Yo no te he obligado.

—Bonito traje, por cierto. —Lamont mira su traje de color gris claro, traga saliva e intenta sonreír.

—Emporio Armani, de hace unas tres temporadas, setenta pavos. Yo no te he obligado —le repite.

—No, es cierto —reconoce ella—. Y encajaré lo que venga.

—¿Prestarás testimonio contra Huber?

—Será un placer.

Win coge la grabadora, saca el disco y dice:

—¿Alguna vez se te ha pasado por la cabeza que tienes aquí suficiente vidrio como para quemar el edificio entero?

Win escoge un pisapapeles de cristal, lo levanta para que le dé el sol que entra a raudales por la ventana y proyecta un punto candente sobre el disco. Lamont, asombrada, ve que de éste asciende una delgada columna de humo.

—¿Qué haces? —pregunta.

—Vives dentro de un polvorín, Monique. Podría arder en llamas en cualquier momento. Quizá deberías andarte con más cuidado, tomártelo con más calma y centrar todas tus energías en otra parte, allí donde de verdad haga falta. —Win le pasa el disco estropeado rozando levemente sus dedos, y añade—: Por si te entra canguelo. Saca esto y recuerda lo que te he dicho.

Ella asiente y se guarda el disco estropeado en un bolsillo.

—Otro consejo —prosigue él—. Cuando alguien te interrogue, como un jurado de acusación, por ejemplo, te sugiero que omitas los detalles innecesarios. A mi manera de ver, la mayoría de la gente dará por sentado que Huber te había tendido una trampa, en connivencia con el gobernador, celoso y con ganas de vengarse por despecho, movido por la codicia y demás. He anotado la mayor parte, la información importante. —Señala la libreta con un gesto de la cabeza—. La información que puede dar lugar a equívocos la he omitido, y ya sabes de qué información se trata, como las acciones que pudiera haberte recomendado o cualquier actividad ilegal de la que te puso al tanto y tú nunca llegaste a informar. No hay pruebas. Bien pudiste hacer la inversión que te venía en gana sin que eso suponga que dispusieras de información privilegiada, ¿no? Es su palabra contra la tuya.

Lamont lo observa con sumo detenimiento mientras él aprieta el botón de llamada del móvil.

—¿Sammy? —dice—. Quiero que paséis a buscar a Huber para un interrogatorio. Sí. Ha llegado el momento. Pide la orden, vamos a registrar todas sus propiedades. Y a nuestro amiguete Toby, tráelo también.

—Con sumo gusto, yo me encargo —responde Sammy.

—Intento de asesinato, conspiración para cometer un asesinato, incendio doloso. Y ya veremos. —Win mira a Lamont, en cuyos ojos vuelve a haber ese brillo acerado de siempre—. Seguro que a los federales les encantará oír lo de sus infracciones por lo que respecta a la Comisión Nacional del Mercado de Valores.

—Y luego, ¿qué? ¿Qué pasará conmigo? —le pregunta Lamont a Win al poner él fin a la llamada—. ¿De veras crees que saldré bien parada?

—Es curioso cómo no cambia nada —comenta él al tiempo que se levanta de la silla con una sonrisa—. Es curioso cómo todo gira siempre en torno a ti, Monique.